LE PRINCIPE DE PAULINE

Didier van Cauwelaert est né à Nice en 1960. Depuis ses débuts, il cumule succès publics et prix littéraires. Il a reçu notamment le prix Del Duca en 1982 pour son premier roman, *Vingt ans et des poussières*, le prix Goncourt en 1994 pour *Un aller simple* et le Prix des lecteurs du Livre de Poche pour *La Vie interdite* en 1999. Les combats de la passion, les mystères de l'identité, l'évolution de la société et l'irruption du fantastique dans le quotidien sont au cœur de son œuvre, toujours marquée par l'humour et une grande sensibilité. Ses romans sont traduits dans le monde entier et font l'objet d'adaptations remarquées au cinéma.

Paru dans Le Livre de Poche :

L'Apparition
Attirances
Cheyenne
Cloner le Christ ?
Corps étranger
La Demi-Pensionnaire
Double identité
L'Éducation d'une fée
L'Évangile de Jimmy
La Femme de nos vies
Hors de moi
Le Journal intime d'un arbre
Karine après la vie
La Maison des lumières
La Nuit dernière au XVe siècle
Le Père adopté
Rencontre sous X
Les Témoins de la mariée
Thomas Drimm
1. La fin du monde tombe un jeudi
2. La guerre des arbres commence le 13
Un aller simple
Un objet en souffrance
La Vie interdite

DIDIER VAN CAUWELAERT

Le Principe de Pauline

ROMAN

ALBIN MICHEL

© Éditions Albin Michel, 2014.
ISBN : 978-2-253-06831-0 – 1ʳᵉ publication LGF

Comme beaucoup de jeunes mal dans leur peau, j'avais tenté de me reloger entre les pages d'un premier roman. Censé révolutionner la littérature, *L'Énergie du ver de terre* s'est vendu à neuf cent quatre exemplaires. Et demi. Je viens d'en acheter un d'occasion sur les quais, à moitié prix. On ne peut pas dire que ma cote se soit envolée, vingt ans plus tard.

Le volume est tout jauni, tout corné, agrémenté d'une fiente d'oiseau. Je passe chaque jour sur ce trottoir, et je ne l'avais jamais remarqué.

— C'est un bon choix, me dit le bouquiniste.

Il ne m'a pas reconnu. C'est normal. Très peu de gens, aujourd'hui, mettent un nom sur mon visage – surtout le mien : Quincy Farriol. Il me ressemble si peu. « C'était le choix de son papa », a ressassé ma mère pendant toute mon enfance en Lorraine, tandis que je portais mon prénom comme une croix. Chef de rayon chez Castorama et fan absolu de Quincy Jones, mon père avait tenu à me baptiser comme le célèbre jazzman, ce qui ne manquerait pas de me donner l'oreille musicale et de me porter bonheur dans la vie.

Sauf qu'il s'est électrocuté avec une guirlande de Noël, l'année de mes sept ans. Et sur moi, Quincy, c'est pathétique. Je suis blanc comme un ver, je n'aime que le silence, j'ai un physique de pompes funèbres et il ne m'arrive que des tuiles. C'était le sujet de mon premier roman.

À sa sortie, les gens ont cru que j'avais pris un pseudonyme. J'ai laissé dire, pour avoir l'air moins ridicule. Comme si le fait de s'être choisi un prénom aussi tarte valait mieux que de le subir. Je suis comme ça. « Introverti compulsif de l'autoflagellation », comme l'a écrit le critique littéraire du *Républicain lorrain* – le seul article que j'aie eu, à l'époque, en tant que natif de Thionville.

— Vous faites une affaire, me glisse le bouquiniste en me rendant la monnaie. Il est dédicacé.

Je hoche la tête. Sans doute un exemplaire de presse revendu par un journaliste, avec mes sentiments d'admiration cordiale en guise de plus-value. Autant le soustraire à la curiosité des chalands, pour ménager ce qui me reste d'amour-propre.

Je demande :

— Vous l'avez depuis longtemps ?

— Je viens de le rentrer. Dans les mêmes prix, j'ai aussi un Paul Guth dédicacé à Michel Droit.

— Non merci.

Je fais quelques pas sur le trottoir avant d'ouvrir le volume, curieux de voir qui était l'heureux destinataire de mes flagorneries d'antan. Et je me fige. J'avais moins d'une chance sur mille de tomber sur cet exemplaire. Celui qui a changé le cours de ma vie.

À Pauline et Maxime,
ce roman qui aura permis notre rencontre.
Avec l'espoir d'un bonheur futur auquel je m'associe de tout cœur.

Quincy

Je m'adosse au parapet, la gorge serrée. J'avais oublié la teneur de la dédicace. Quel culot, sur l'instant. Un message à deux lectures, aussi roublard que sincère, ouvert sur un avenir que j'étais bien loin d'imaginer. Par quels détours cet exemplaire s'est-il retrouvé, vingt ans après, sur un étal de bouquiniste ? Cet exemplaire témoin de la seule véritable aventure de ma vie. Cet exemplaire qui m'aura valu deux nuits d'amour inoubliables, une amitié à haut risque et une balle dans le dos.

Est-ce un hasard, un signe, ou bien le fruit d'une préméditation ? Quelqu'un a-t-il déposé exprès *notre* livre sur cet étal au-dessus de la Seine, en face de mon lieu de travail, à côté du parapet où je viens m'accouder six fois par jour pour ma pause cigarette ? Je n'ai plus de nouvelles de Maxime depuis si longtemps. Quant à Pauline... Je croyais que j'avais enfin réussi à l'oublier. Les battements de mon cœur et le sourire idiot qui vient de me faire avaler un moucheron sont la preuve du contraire.

*

Tout avait commencé par un appel des éditions Portance, un lundi matin, tandis que je repassais mes chemises. Anne-Laure Ancelot, mon attachée de presse, s'était exclamée d'un ton solennel :

— Vous avez reçu le Prix de la maison d'arrêt de Saint-Pierre-des-Alpes.

Face à mon silence au bout du fil, elle a enchaîné avec un brin d'impatience :

— Vous êtes content ?

J'ai dit : « Formidable. » À l'époque, je n'étais pas un auteur contrariant. Après ma bonne critique dans *Le Républicain lorrain,* j'avais obtenu le Cep d'or du jeune talent au Festival Littérature et Vin de Pagny-sur-Moselle, consistant en trois caisses de pinot gris. J'étais allé sur place toucher ma récompense et j'avais dédicacé trente livres. Cette fois, j'étais définitivement *lancé*. Du moins en milieu viticole et carcéral.

— Où est-ce ?

— Pardon ?

— Saint-Pierre-des-Alpes.

— Je ne sais pas. Dans les Alpes.

Anne-Laure a ajouté, avec le soupir contrarié qui sous-tendait sa voix lorsqu'elle devait mettre ses lunettes pour déchiffrer un texte :

— Le prix n'est pas doté en espèces, mais il est assorti d'une invitation.

— Je gagne un séjour à la maison d'arrêt ?

Elle n'a pas semblé goûter ma réaction. C'était le genre qui brille par son sérieux. Queue-de-cheval, col fermé, talons plats. Professionnelle avant tout. Elle avait failli s'occuper de Marguerite Duras, en 1978. Mais, lorsqu'elle s'était rendue à Neauphle-le-Château pour la rencontrer, un boulanger facétieux lui avait indiqué une autre maison, et elle s'était retrouvée chez l'ayatollah Khomeyni. Depuis, elle prenait l'humour pour une attaque personnelle.

— Vous savez, un prix c'est un prix. Une carrière d'auteur ne se construit pas en un jour, Quincy, même si vous bénéficiez de l'image des éditions Portance. Il faut un début à tout et un temps pour chaque chose. La remise aura lieu le 16 février à 11 heures.

— Au parloir ?

— Ils ne précisent pas. Je les rappelle pour obtenir plus d'informations, et je reviens vers vous.

Dix jours plus tard, je prenais le train à 5 h 28. Retour gare de Lyon à 23 h 30. En fait, l'invitation promise se bornait à un cocktail de presse, une séance de signatures et une rencontre-débat avec les taulards qui avaient voté pour moi. Le tout organisé par la libraire locale, Mme Voisin, qui avait commandé cent cinquante *Énergie du ver de terre* et fait imprimer à ses frais la bande «Prix littéraire de la maison d'arrêt de Saint-Pierre».

— Elle a le béguin pour vous, ce n'est pas possible, avait commenté sèchement Anne-Laure.

C'était moins par jalousie que par saturation, Mme Voisin l'appelant trois fois par jour pour vérifier les modalités de mon voyage, transmettre les formalités imposées par l'administration pénitentiaire et compléter ma biographie.

Cette dernière requête m'avait posé problème. Qu'ajouter aux trois lignes imprimées au dos de mon livre, en dessous du résumé ? *Né à Thionville (Moselle), licencié en lettres classiques, Quincy Farriol, 21 ans, célibataire, vit aujourd'hui à Paris où il travaille dans l'immobilier.* « Compléter ma biographie » aurait consisté à préciser que j'étais poseur de moquette ; je préférais conserver un minimum de mystère. Surtout si une libraire s'était mise à fantasmer sur moi.

Dans le wagon désert qui m'emportait vers elle, les yeux perdus dans le paysage d'hiver, je ne pouvais m'empêcher de l'imaginer blonde et charnue, aussi désirable qu'inaccessible. Une jeune veuve, par exemple, qui s'était identifiée à l'intense frustration sexuelle émanant de mon roman. État de manque assez autobiographique, elle avait dû le sentir entre les lignes, et auquel le fait d'être enfin publié – ce rêve obsessionnel qui, depuis l'enfance, m'avait gâché tous les agréments de la réalité commune – n'avait strictement rien changé.

« Être écrivain, c'est très bien pour tomber les filles », m'avait-on dit chez Clichy-Moquette. Tu parles. Tout ce qui avait chu dans mes bras, jusqu'à présent, c'était une photographe ivre morte à la Foire du livre de Brive. Draguée pour cause de pénombre sous les vieux spots stroboscopiques du Cardinal, la boîte kitschement seventies de l'après-salon. Cinquante ans et toutes ses dents. Le genre qui vous retire de sa bouche pour demander :

— Pourquoi tu ne publies pas chez Gallimard ? C'est quand même plus cool.

Je réponds qu'ils m'ont refusé. Elle dit ah bon, m'enfourne derechef et change d'avis :

— 'scuse-moi, j'ai complètement oublié de rappeler Florence.

Elle se met à discuter avec une copine, elle m'oublie, je m'endors, et je me réveille à midi avec le numéro d'Antoine Gallimard sur un Post-it au milieu de la couette, suivi de la mention soulignée : *De ma part.* Comme elle n'avait pas signé et que j'ignorais son nom, l'épisode fut sans conséquence pour l'éditeur susnommé.

Voilà à quoi se résumait le seul événement un peu marquant de ma jeune carrière littéraire. En faire un complément de biographie à l'attention de la sublimée Mme Voisin ne m'avait pas semblé indispensable.

La neige s'est mise à tomber au niveau de Mâcon. Lorsque j'ai changé de train, à Bourg-en-Bresse, la couche de poudreuse atteignait dix centimètres. Au bout de deux heures à vitesse réduite, je suis arrivé en gare de Saint-Pierre-des-Alpes avec cinquante-trois minutes de retard. En descendant du wagon, j'ai touché dans ma poche l'accordéon de préservatifs dont je m'étais muni par superstition. On a les porte-bonheur qu'on peut.

Balayé par des bourrasques de neige, le quai était désert, à l'exception d'une vieille dame en doudoune sous un parapluie vert.

— Jeanne Voisin, bonjour. Venez vite, nous avons un planning très serré. Abritez-vous.

Ravalant ma déception, je me suis voûté pour me glisser sous les baleines tordues par le vent. Mme Voisin mesurait un mètre cinquante, elle avait de gros après-ski en poils de chèvre et des mèches grises qui dépassaient d'un bonnet de Schtroumpf. Prenant l'eau dans mes mocassins en solde, j'avais du mal à marcher à son pas de chasseur alpin et les baleines me griffaient l'oreille.

— Vous seriez venu trois jours plus tôt, il faisait un soleil superbe, a-t-elle jeté sur un ton de reproche.

J'ai dit d'un air contrit que j'étais navré.

— Quoi qu'il en soit, je vous ai déjà vendu quarante-sept exemplaires, et ce n'est qu'un début. Félicitations pour votre victoire.

— Merci.

— Je n'y suis pour rien, je vous ai juste sélectionné parmi quinze autres : ce sont les détenus qui ont voté. Ils vous diront les raisons de leur choix. Je vous préviens, vous êtes devenu la gloire locale, on ne parle que de vous.

Sans ralentir, elle a sorti de sa poche une page de *L'Écho des Alpes* où s'étalaient ma tête et mon Prix, surmontant le logo du Conseil général.

— Attention à la plaque de glace. J'ai hésité à venir en voiture, mais avec les sens interdits et la sableuse, on va plus vite à pied.

Le brouillard et la neige conféraient un certain mystère à cette bourgade assoupie au fond d'une vallée. Je m'efforçais d'être positif : vu l'impression de départ, je ne pouvais qu'avoir une bonne surprise. Comme à Pagny-sur-Moselle, où l'organisateur du festival avait compris mon livre encore mieux que ma mère. Il était même venu à son enterrement.

Après vingt minutes de glissades sur le verglas alternant avec l'enfouissement dans la poudreuse, on est arrivés devant la librairie Voisin, une masure au crépi jaune coincée entre un dépôt-vente et une station-service.

— C'était le cœur historique de la ville, a-t-elle marmonné en sortant ses clés. Maintenant, il n'y a plus que moi.

Dans le terrain vague derrière sa maison, un grand panneau annonçait au-dessus du toit : *Prochainement, ouverture de votre Intermarché !*

— Il faudra d'abord qu'ils me passent sur le corps, a-t-elle précisé en suivant mon regard. Ça vous plaît ?

Le tiers de la vitrine était occupé par une affiche artisanale reproduisant ma tête, ma couverture et le bandeau du Prix, sous la mention géante :

Présence exceptionnelle de l'auteur le 16 février.
Signature-buffet de 12 h 30 à 18 heures.

J'ai dit que j'étais gâté.

— Vous le méritez.

Elle a ouvert sa porte vitrée, ôté l'écriteau «Je reviens tout de suite». Et je suis entré dans un capharnaüm dantesque, où les piles de livres semblaient étayer les murs et soutenir le plafond.

— Je manque de place, a-t-elle soupiré. Je commande trop, je n'ai pas le temps de renvoyer, et les gens n'achètent plus. Heureusement que j'ai créé une bibliothèque à la maison d'arrêt. On ne pourrait plus rentrer, sinon. Je vous propose un café ?

— Avec plaisir.

Au-dessus de ma table de dédicace était accroché un portrait hideux aux couleurs funèbres dans lequel, malgré ma très basse opinion de moi-même, j'ai eu beaucoup de mal à me reconnaître.

— C'est une de vos groupies qui vous a fait ce cadeau, d'après votre photo. Malheureusement, vous êtes un homme.

J'ai ponctué sa remarque d'une moue de fatalité. Elle a précisé son regret :

— Je n'ai pas eu l'autorisation de vous emmener au Quartier femmes. Vous signerez leurs exemplaires : je vous ai rédigé une fiche sur chacune.

Je me suis approché de la table. Une vingtaine de livres à marque-pages étaient empilés sous l'étiquette « À dédicacer en priorité ». J'ai sorti l'une des fiches, couverte d'une écriture lilliputienne, parfaitement indéchiffrable.

— Plus je vieillis, plus j'écris petit, a-t-elle lancé gaiement. Pas d'inquiétude, Pauline vous traduira. C'est la seule qui parvienne encore à me décrypter. Elle devrait déjà être là. Elle vous servira d'hôtesse : j'attends un monde fou.

Je n'ai pas voulu jouer les rabat-joie, mais les rues m'avaient paru bien désertes et les maisons bien closes. Était-ce dû à la neige, aux congés scolaires, au chômage, aux délocalisations ? Ou bien au voisinage de la prison qui avait chassé les autochtones ?

— Venez dans mon antre, il fait meilleur. Attention au rayon philosophie, mettez-vous de profil. J'ai une opération promo pour les vacances : on passe juste.

J'ai retenu ma respiration pour me faufiler entre les piles de Schopenhauer et la gondole de Spinoza. Les étiquettes « – 30 % ! À découvrir d'urgence » m'avaient l'air bien décolorées. Au sommet des œuvres complètes de Kant, un panonceau plus neuf proclamait : « Déstockage massif. »

Ce que Mme Voisin appelait son « antre » était une pièce en longueur combinant les fonctions de cuisine, salle à manger et atelier de reliure. Sans doute rescapée des tranchées de la guerre de 14, la cafetière était une antiquité en fer bosselé à trois étages, dont le couvercle formait gobelet. Elle chauffait à la limite de l'ébullition sur un poêle à charbon, entre la gazinière et un téléviseur déguisé en buffet d'acajou qui avait dû voir le premier homme marcher sur la Lune.

— Pipi, c'est la porte à gauche, m'a notifié ma libraire. Ensuite, au boulot : il ne faut pas décevoir votre fan-club !

Sa gaieté vigoureuse contrastait avec l'impression de solitude en sursis qui émanait de ce lieu anachronique. Après un détour par les toilettes où il fallait uriner de profil à cause des colonnes de livres de poche, j'ai gagné ma table de signature près de laquelle était branché un convecteur électrique. Je finissais de me réchauffer avec mon bol de jus de chaussette, aussi dilué qu'amer, lorsque la porte s'est ouverte dans un son de grelots.

— C'est moi ! a claironné une voix anxieuse. J'ai cru que je n'arriverais jamais ! On a failli descendre et pousser le train.

Dès qu'elle est entrée dans la librairie, les murs sont devenus trop petits. Elle n'était pas spécialement grande, mais sa présence débordait son corps. Elle irradiait par l'ampleur de ses mouvements, son sourire en bataille et la blondeur cascadante qui a jailli de sa capuche. Elle occupait l'espace comme si un caméraman avait fait le point sur elle en rendant flou le décor.

— Ça va, Jeanne ? Bonjour, monsieur Farriol.

Elle était habillée en double saison : bas résille et Moon Boots, jupe en tweed et chemisier d'été bleu fluo. Une gerbe d'étincelles a crépité quand elle a retiré son anorak, découvrant un décolleté sage qui avait du mal à contenir une poitrine impétueuse. Elle a tordu ses longues mèches dans un vague chignon rebelle où elle a planté deux baguettes en bois clair, et s'est précipitée vers moi, sac de sport en bandoulière et bras tendu, en faisant tomber sur son passage trois piles de livres. Un parfum de géranium a empli mes narines tandis qu'elle me déclarait tout en pressant ma main avec une ferveur de condoléances :

— J'avais hâte de vous connaître. Je vous ai lu.

Les deux me paraissaient un peu contradictoires. À moins d'être maso, qui pouvait avoir envie de rencontrer l'auteur de jérémiades aussi lugubres, détaillant par le menu avec une sincérité maladive ses travers, ses malheurs et ses insuffisances ?

— Je suis Pauline Sorgues.

Et ces cinq syllabes, prononcées sur un ton d'évidence, semblaient une réponse à la question que je venais de me poser.

— Vous êtes en d'excellentes mains, m'a précisé Mme Voisin en venant lui apporter un bol de café planté d'une cuillère. Je serai trop accaparée, avec le cocktail et la presse, pour pouvoir canaliser vos lecteurs et encaisser. Mais vous verrez, Pauline est parfaite. Elle s'en est brillamment tirée avec Lucien Beaufort et Marie-Jo Quillerat.

J'ai hoché la tête. C'étaient sans doute des auteurs régionaux. Leurs photos en posters au-dessus de la caisse précisaient au feutre rouge : spécialiste de la philosophie de Platon et Médaille d'or en saut à ski aux JO de Grenoble.

— Faites-lui signer le Quartier femmes, Pauline, a-t-elle enchaîné. Il faut que je tartine mes Cracottes avant de partir.

— Je m'en occuperai, Jeanne.

— Non, vous me les cassez toutes, occupez-vous de l'auteur. On est très en retard sur le planning.

Et elle est retournée dans son antre, après avoir remis en place les volumes renversés par l'irruption de mon hôtesse. Dans le cliquetis du convecteur électrique qui asséchait l'atmosphère bien plus qu'il ne la réchauffait, Pauline s'est assise à côté de moi. Elle a posé son sac de sport devant mes piles de livres, en a sorti des escarpins gris assortis à ses yeux. Contorsions, pression du bout de semelle gauche sur l'arrière du talon droit : cinq secondes plus tard elle enveloppait ses Moon Boots ruisselants dans un plastique isotherme, et glissait les pieds en se déhanchant dans ses chaussures de cocktail. Puis elle m'a dit :

— Je suis à vous.

Le manque de repartie à l'oral est une des raisons qui m'ont conduit à la littérature. J'ai répondu merci, et elle a commencé à me passer les exemplaires, à me déchiffrer les fiches succinctes de la libraire, à les compléter de mémoire. Elle était visiteuse de prison, le week-end. Surtout pour celles qui n'avaient pas de famille. Depuis un an, elle aidait Mme Voisin à la bibliothèque pénitentiaire.

Je buvais ses paroles en emplissant mes narines. De près, son odeur évoquait une armoire de grand-mère :

lavande séchée et cire d'abeille le disputaient au géranium, avec une pointe de naphtaline. Un parfum inattendu sur une hyperactive de vingt ans, et qui lui allait plutôt bien. Un parfum garde-corps. Un sérieux légèrement empesé pour maintenir dans l'antimite les folies de son âge.

Sentant que je la reniflais de manière un peu trop visible, j'ai demandé :

— Et que faites-vous, sinon, dans la vie ?
— Étudiante.
— En littérature ?
— En informatique.

Elle avait murmuré le mot sur la pointe des lèvres en rougissant légèrement, comme on avoue une préférence sexuelle.

— Je suis les cours de Supinfo par Télétel, alors les romans, c'est juste un quart d'heure au lit avant de dormir, pour faire plaisir à Jeanne, a-t-elle avoué sur le même ton.

J'ai dit que ce n'était pas grave. La première formule qui s'était présentée. Ma gorge était toute sèche, et ce n'était pas uniquement la faute du chauffage électrique. Avec une conviction qui animait délicieusement ses seins, elle m'a confié qu'elle avait beaucoup de mal à persuader Jeanne que l'ordinateur n'allait pas tuer le livre, au contraire. Sur son PowerBook, elle avait informatisé la gestion des stocks, créé des logiciels par thématique, et elle ne désespérait pas d'équiper la librairie d'un navigateur web. Pour moi, en cet hiver 1994, tout cela était du chinois, mais j'opinais d'un air informé sans débander une seconde.

— Allez, au travail ! m'a-t-elle grondé comme si j'essayais de la distraire. Maryse Bourdot, cinquante-quatre ans, faux et usage de faux, cinq ans ferme, en attente de transfert en centrale, adorable, deux enfants, mais complètement fond-du-gouffre. Vous mettez : « Pour Maryse, Charlotte et Zoé. » N'oubliez pas de la remercier pour le tableau.

Entre deux signatures, l'air de regarder dans le vide pour personnaliser mes hommages cordiaux, je louchais discrètement sur les trois centimètres carrés de soutien-gorge bleu marine à pois blancs qui ondulaient entre deux boutons de son chemisier. Par association d'idées, je pensais à la cravate de Gilbert Bécaud. Et à sa chanson *Nathalie*, l'histoire de cette jolie guide russe qui, au milieu de la place Rouge, lui « parlait en phrases sobres / De la révolution d'Octobre ».

— Michelle avec deux *l* ! m'a-t-elle soudain rappelé à l'ordre.

Elle s'est penchée pour me pointer la faute d'orthographe, manquant m'éborgner avec sa baguette de chignon. J'ai dit :

— Pardon.

— Il n'y a pas de mal.

Et, sans transition, tandis que je corrigeais le prénom, elle a enchaîné plus bas en me fixant :

— C'est drôle, vous faites moins vieux en vrai.

— C'est parce que je suis en couleurs.

— Je ne parlais pas de la photo. C'est très mature, ce que vous écrivez. Un peu trop, même... Mais pardon, je vous dissipe. Faut garder la cadence, sinon on va se faire disputer.

À la septième dédicace, une infirmière de trente-neuf ans qui avait euthanasié cinq personnes en soins palliatifs, j'ai senti sa jambe toucher la mienne. Je n'ai pas réagi, incriminant un changement de position, le hasard d'un mouvement. Mais le contact se prolongeait. Mon défaut de maturité « en vrai » était-il un élément qui jouait en ma faveur, un facteur humain tempérant la froideur désabusée de mon style ? Avait-elle vu mes yeux chercher l'inspiration dans son soutien-gorge et donnait-elle quitus à mon désir ?

Imperturbable, je continuais à décliner mes amabilités de rigueur à l'attention des pensionnaires du Quartier femmes, en sentant l'excitation monter au rythme des formules de politesse qui prenaient de plus en plus d'ampleur sur mes pages de garde. Pauline, elle, s'ingéniait à m'exposer d'un même ton passionné le caractère, les antécédents et la durée de peine de mes futures lectrices. Elle s'épanchait sur le fond tandis que je fantasmais sur ses formes. En finissant d'inscrire la date sous mon paraphe, j'ai risqué une avancée de mocassin contre son escarpin. Elle n'a pas bronché. Comme si elle n'avait rien senti.

Dans une bouffée d'optimisme, je me suis dit qu'elle partageait mon trouble, mais qu'elle donnait le change à l'intention de Mme Voisin, qui venait périodiquement déposer un plateau de canapés au-dessus des dernières parutions présentées sur table.

— Tout va bien, les enfants ? J'ai mal calculé mon foie gras, je vais manquer de Cracottes. Encore un peu de café ?

Nous avons répondu non merci d'une seule voix. La libraire a regardé où j'en étais, m'a félicité pour la longueur de mes dédicaces, mais m'a invité à augmenter le débit : départ dans cinq minutes, et elle aimerait bien déposer le carton au Quartier femmes avant de me conduire chez les hommes.

— Comme ça il n'y aura pas de jalouses, a-t-elle conclu avec un regard oblique vers nos genoux joints.

Nous nous sommes détachés d'un même mouvement. Sans transition, elle m'a demandé si j'aimais les Chamonix Orange.

— Pauline est plutôt sucré, m'a-t-elle indiqué en déposant entre nous une assiette de chaussons nappés d'un glaçage brunâtre. Comme ça vous êtes au courant.

Et elle a tourné les talons aussitôt, donnant à sa dernière phrase les allures d'une mise en garde. Tandis qu'elle regagnait son antre, j'ai observé mon hôtesse du coin de l'œil. Elle a piqué un fard, comme si l'information relevait de l'intime.

— Fatima Laziz, ai-je déchiffré avec une bonne volonté méticuleuse, pour dissiper des ambiguïtés dont je n'avais pas la clé. Escroquerie aux assurances, c'est ça ?

Je lui ai montré du doigt les pattes de mouche sur la fiche. Alors, au lieu de me répondre, Pauline a refermé l'ouvrage que je m'apprêtais à signer et elle a brusquement plongé ses yeux dans les miens.

— Quincy... je peux vous demander quelque chose ?

Je me suis senti bizarre. Pour la première fois, j'avais aimé mon prénom dans la bouche d'une femme. Elle avait prononcé *Kwencé*, à l'américaine, au lieu du *Coincy* ou du *Kincy* dont on me gratifiait habituellement. Il y avait dans son regard un curieux mélange d'espièglerie et d'anxiété. Un élan d'enfance que réfrénait un trac d'adulte. Avec une lenteur embarrassée, elle a complété sa phrase en appuyant sur chaque mot :

— Quelque chose d'un peu... particulier.

J'ai répondu bêtement oui, je vous en prie.

— Je vous préviens : c'est assez personnel.

Elle a légèrement reculé sa chaise, s'est penchée de côté, a glissé une main sous sa jupe en tweed. Le temps de vraiment comprendre ce qui m'arrivait, j'ai vu passer un éclair de soie blanc et bleu entre ses chevilles et ses escarpins. L'instant d'après, ses pieds réintégraient ses chaussures et ses doigts se glissaient dans la poche de ma veste.

— Onze heures cinq, nous y allons ! a claironné Mme Voisin depuis l'arrière-boutique. Le temps de trouver mes clés...

— Vous n'êtes pas obligé d'accepter, a murmuré Pauline très vite, en soutenant mon regard. Mais je ne pouvais pas laisser passer ma chance.

J'ai dégluti, l'air à la fois naturel, sensible et vague. Pas trop mature, mais ouvert à toutes les propositions.

— Vous êtes ma seule opportunité, a-t-elle enchaîné d'une voix encore plus rapide.

— Ho ? ai-je douté dans un réflexe de galanterie.

Je sentais ses doigts contre ma cuisse et je n'arrivais plus à maîtriser le désir. Un élan de pudeur incongrue m'a fait regretter de ne pas avoir entreposé mes préservatifs dans une autre poche. Toujours immobile, elle a repris tout bas :

— Mon ami est en préventive. C'est lui qui va vous interviewer. Il refuse de me voir au parloir, depuis qu'il est incarcéré... Il est sûr d'en prendre pour dix ans, et il veut que je l'oublie.

Les tempes serrées, j'ai acquiescé, avec une moue de circonstance qui laissait le champ libre à toutes les interprétations. Le fantasme que je lui avais attribué avec une pure délectation finissait en eau de boudin. Je me sentais aussi déçu que mortifié par mon erreur d'appréciation.

— Pauline, vous surveillerez la tourte, il lui manque dix minutes.

— Pas de souci, Jeanne ! a lancé Pauline en direction de la cuisine, les doigts toujours serrés dans ma poche.

Elle s'est retournée vers moi, et elle a enchaîné, trois tons plus bas, les larmes aux yeux :

— Comment on fait pour oublier l'homme qu'on aime ? Sa voix, ses yeux, sa peau... Dites-lui que je n'y arrive pas. Que je ne peux pas, que je ne veux pas. Et... donnez-lui un souvenir, quoi, a-t-elle conclu en retirant sa main. Venant de vous, je pense que ça aura du sens. Du poids, en tout cas. Ça ne vous ennuie pas ?

Son regard implorant me chavirait plus encore que la situation. J'ai dit « Non, bien sûr », en retenant l'« avec plaisir » qui m'était venu aux lèvres. Elle a hoché la tête, s'est détournée, a saisi un Chamonix Orange dans lequel elle a mordu comme si c'était une pomme. Une giboulée de glaçage est tombée sur mon livre en cours de dédicace.

— Il ne répond pas à mes lettres, a-t-elle repris en mâchant. Mais là, c'est plus fort que des mots, non ?

Je n'ai pas démenti. La boule de soie au fond de ma poche me nouait la gorge. Elle a dit :

— J'espère que je ne vous vexe pas.

Ce n'était pas vraiment le terme que j'aurais employé. Elle a précisé :

— En tant qu'écrivain. Quand je dis que c'est plus fort que des mots.

— Non, non.

— Vous êtes sympa. Je ne sais pas ce qui m'arrive, je devrais être morte de honte. Demander à un homme ce genre de service...

— C'est la moindre des choses, ai-je répondu pour dédramatiser, en m'efforçant de réduire l'érection dont je n'étais pas censé être le bénéficiaire.

— Merci vraiment, Quincy. Je reste ici, je prépare tout, je vous attends.

J'ai enfourné un Chamonix Orange pour me donner une contenance. Je ressentais une certaine amertume, parce que jamais de ma vie je n'avais déclenché une telle impatience dans le regard d'une femme.

— On est partis ! a lancé la libraire en déboulant, emmitouflée dans sa doudoune, trousseau de clés à la main. Vous avez terminé ?

J'ai rapidement griffonné des amitiés indifférenciées sur les trois derniers ouvrages du Quartier femmes, et j'ai repris ma parka après avoir adressé à Pauline un regard à la hauteur de sa confiance. Elle s'est levée pour me serrer la main. La fente de sa jupe en tweed ne révélait rien de sa nudité, mais l'image mentale brûlait mon ventre.

— Vous n'avez pas l'air en forme, m'a fait remarquer Mme Voisin qui avait remis son bonnet de Schtroumpf.

— Si, si, au contraire.

J'ai enfilé ma parka en lui tournant le dos pour cacher ladite forme, et je suis sorti derrière elle dans le tourbillon de neige.

— Ça se calme un peu, a-t-elle commenté, optimiste, mon carton de livres sous le bras.

J'ai confirmé, l'esprit ailleurs. Je mourais d'envie de sortir de ma poche la culotte dissimulée dans le creux de ma paume et de la monter discrètement jusqu'à mon nez – mais non. J'avais une mission. Je devais remettre un message en main propre. Et les facteurs, en principe, ça n'ouvre pas le courrier.

Cela étant, l'espoir que je représentais pour Pauline l'emportait sur la frustration. Servir d'intermédiaire au désir d'une femme, c'était pour moi une situation inédite. Et, j'étais bien obligé de me l'avouer, une tentation dénuée de risques. En mon âme et conscience, je pouvais parfaitement m'abstenir de délivrer le message au détenu et garder par-devers moi la petite culotte, qui resterait lettre morte. En cela, je ne ferais d'ailleurs que respecter la décision courageuse qu'avait prise le délinquant, soucieux d'épargner à son amoureuse les affres d'une passion sans issue. Décision que je me contenterais de confirmer ensuite à Pauline, dans leur intérêt à tous deux. Je n'aurais plus alors qu'à m'efforcer de la consoler de mon mieux, pour adoucir le choc. Les mauvaises pensées alimentaient délicieusement ma bonne conscience.

— Elle vous a parlé de Maxime ? s'est informée la libraire.

C'est ainsi que j'ai appris le nom du destinataire. Sans me laisser le temps de répondre, elle a soupiré en démarrant :

— Vous êtes leur dernière chance. Je compte sur vous. Je ne sais pas si elle vous l'a dit, mais c'est à lui que vous devez votre prix.

Les balais d'essuie-glaces rabattaient mollement de gauche à droite la purée de flocons. Mon carton de livres sur les genoux, je luttais contre le Chamonix Orange qui remontait le long de ma trachée dans les à-coups de la circulation. Mme Voisin m'avait donné à lire une trentaine d'imprimés pour que je fasse connaissance avec mon public. Il s'agissait d'un questionnaire anonyme qu'avaient dû remplir les volontaires :

Dans le cadre du programme Lecture en fête, *vous souhaitez participer à un entretien-débat avec l'écrivain M. Quincy Farriol. Veuillez répondre aux questions suivantes :*
a) Comptez-vous discuter avec l'auteur de points particuliers concernant les thèmes abordés dans son œuvre ?
b) Acceptez-vous d'être filmé par l'atelier vidéo dans le cadre de cette conférence, en vue d'une diffusion sur le canal interne ?

Vingt-six réponses sur vingt-sept se composaient de « oui » et de « non ». Une seule copie développait des arguments avec maîtrise et passion, révélant un vrai lecteur. J'en déduisais que c'était celle dudit Maxime.

— Nous ne sommes plus très loin, a dit Mme Voisin.

Juchée sur deux Jules Verne cartonnés des éditions Hetzel qui la hissaient au niveau du pare-brise, elle conduisait sur la pointe des fesses une espèce de vieux cube spartiate qui ressemblait à une Lada Niva à empattement double. Sans doute l'une des variantes réservées au marché russe, importée à prix coûtant par une filière clandestine. Le quatre-cylindres anémié faisait un bruit d'essorage que le fracas des chaînes sur la neige glacée parvenait tout juste à couvrir.

— Elle est increvable, m'a-t-elle rassuré après avoir calé pour la troisième fois dans l'embouteillage causé par le chasse-neige. Je ne la changerais pour rien au monde. Nous avons tant de souvenirs ensemble.

Un antique panier à pique-nique en osier sanglé de cuir servait d'accoudoir entre les sièges avant. L'arrière, dépourvu de banquette, constituait une sorte de bibliobus avec lequel son compagnon, disait-elle, faisait la tournée des villages à la belle saison.

— Il est retraité de la SNCF. Avant de me rencontrer, il n'avait jamais lu un livre.

On sentait que c'était l'une des fiertés de sa vie. Elle a renchéri en déclenchant une ventilation polaire qui faisait vibrer le rétroviseur :

— Vous n'allez pas me croire mais, l'an dernier, sur une simple lettre de motivation adressée à la Maison de la Radio – et je peux vous garantir qu'il l'a écrite tout seul, sans même se targuer d'être le compagnon d'une libraire –, il a été sélectionné comme juré au Prix du Livre Inter.

Je me suis réjoui pour lui. La ferveur appuyée, quasi militante, avec laquelle elle prononçait le mot « compagnon » avait quelque chose de très touchant, à son âge. Sans transition, elle m'a demandé ce que Pauline m'avait dit sur Maxime, *exactement*. Je me suis efforcé d'exprimer, sur un ton détaché, la synthèse des renseignements dont je disposais.

— Eh bien... Ils étaient ensemble, mais il a rompu depuis qu'il est incarcéré, parce qu'il pense qu'elle mérite mieux.

Entre deux coups de chiffon pour désembuer le pare-brise, Mme Voisin a tenu à mettre les choses au point :

— Il est en prison pour loyauté. D'accord ? Que ce soit bien clair. Tout ce qu'on lui reproche, c'est de tenir sa langue, de refuser de trahir le Président. C'est quelqu'un de formidable, Maxime. Je le connais depuis l'enfance, il jouait au foot avec mon fils. Je l'avais souvent à la maison, parce que, chez lui... Enfin. Je ne dirais pas que c'est un grand lecteur, mais il a eu un vrai coup de foudre pour votre livre. Il s'est démené comme un beau diable pour convaincre le jury. C'est lui qui vous décernera la récompense. En fait, il s'est identifié au héros. Tâchez d'être à la hauteur : il attend beaucoup de vous.

Je n'ai pas fait de commentaire. Dans ma poche, mes doigts caressaient machinalement la soie du trophée que, de mon côté, j'étais censé lui remettre – mais qui était davantage, en l'occurrence, un aide-mémoire qu'une récompense. Pour diluer mon trouble, je me suis concentré sur le casier judiciaire de l'heureux élu :

— Quand vous dites « le Président »..., vous parlez de François Mitterrand ?

— Non, de Robert Sonnaz, a-t-elle rectifié sur un ton d'évidence. Le président du Conseil général.

Tout en suivant le trajet des essuie-glaces pour essayer d'apercevoir la route, elle a martelé d'une voix de campagne électorale :

— Héros de la Résistance, pilier de Radio Londres, baron du gaullisme, indéboulonnable : ça fait plus de quarante ans qu'il est aux manettes. C'est lui qui a fait du département ce qu'il est aujourd'hui. Sans lui, il n'y aurait plus d'industrie locale, de commerces indépendants ni de politique culturelle – même pour mon bibliobus, il a fait voter une subvention. Un jour, on lui rendra justice. Mais pour l'instant, tout le monde est après lui, tout le monde le diabolise. Comme si la politique était un métier d'enfants de chœur ! Une juge d'instruction l'a dans le collimateur – une petite teigneuse qui a juré d'avoir sa peau pour se faire un nom. Alors, sous le prétexte d'un banal règlement de comptes, elle s'en est prise à Maxime, qui était le chauffeur-garde du corps du Président. Son homme de confiance.

La vieille dame a jeté sur le sol son chiffon trempé, et a continué de nettoyer le pare-brise avec sa main en vitupérant de plus belle :

— En échange d'un non-lieu, elle a essayé de lui faire avouer qu'il remettait des enveloppes de pots-de-vin. Et qu'il percevait des commissions occultes pour le compte du Président.

Délaissant un instant la pensée des fesses nues de Pauline qui attendaient mon retour sous la table de dédicace, j'ai fait semblant de m'intéresser à la politique locale :

— Et... c'est vrai ?

— Bien sûr que c'est vrai ! s'est-elle insurgée. Comment vous croyez que ça se finance, une collectivité territoriale ? Vous pensez que les technocrates de Paris claquent des doigts et que les subventions tombent du ciel ? Vous pensez que les investisseurs se multiplient comme des petits pains, que les entreprises s'implantent par l'opération du Saint-Esprit ? Nos impôts n'ont pas augmenté depuis cinq ans, figurez-vous. Cinq ans ! Tout est payé par les casinos, les passe-droits et les enchères sur les permis de construire. C'est ça, le système Sonnaz ! Vous avez mieux ?

Je me suis abstenu de répondre que je votais écolo.

— Maxime ne dira rien, a-t-elle tranché d'un air buté.

Au bout de cent mètres, elle a poussé un long soupir et continué d'une voix un peu plus douce, tandis qu'on franchissait un passage à niveau :

— Il avait le choix entre la délation et les assises : il a préféré se laisser inculper. Du coup, il veut protéger Pauline. Il l'aime comme un fou, alors il se sacrifie. Il est comme ça. Je l'admire, mais je suis triste pour elle. C'était un si joli couple.

Elle avait prononcé la dernière phrase sur un ton de reproche. Elle me regardait du coin de l'œil, et la voiture a fait une embardée. Tandis qu'elle contre-braquait avec précision et sang-froid, sous les appels de phares du camion d'en face, je me suis dit qu'elle avait remarqué mon intérêt pour Pauline et qu'elle tenait à me rappeler le contexte. C'était le garde du corps du Président qui m'avait choisi comme lauréat : j'étais prié de conserver mes distances avec son amoureuse.

À moins que mon prix littéraire n'ait été qu'un prétexte. Son Maxime s'étant identifié à mon héros, Mme Voisin m'avait fait venir pour que je plaide auprès de lui la cause de Pauline, dans le but de recoller leur couple. Les motivations des deux femmes se rejoignaient, même si leur mode d'expression différait sensiblement. Cela dit, j'en venais à m'interroger sur leur degré de complicité. La libraire avait-elle connaissance de la culotte qui transitait par ma poche ? Était-ce la raison qui lui avait fait dire : « Vous êtes leur dernière chance » ? Mon rôle d'intermédiaire m'apparaissait soudain comme la conséquence de ses efforts d'entremetteuse. La spontanéité qui m'avait bouleversé chez la jeune fille faisait peut-être partie d'un plan commun. Pour en avoir le cœur net, j'ai demandé :

— Et Pauline, vous la connaissez depuis longtemps ?

— Depuis que Maxime nous l'a ramenée, en 91. Elle lui a fait tellement de bien. Avec elle, il a appris les vraies valeurs. Elle est vendeuse en parfumerie aux Galeries Lafayette de Grenoble, pour financer ses études. Ce sont des gens simples, vous savez. Ils méritent d'être heureux.

C'était dit sur le ton de l'injonction, du rappel à l'ordre. En croisant les doigts sur mon carton de livres, j'ai répondu que le bonheur, si seulement on savait ce que c'est. Elle s'est tue, pare-chocs contre pare-chocs, pendant deux bonnes minutes.

À la sortie de la bourgade, sur une longue route droite où se construisaient des hangars, elle a coupé la ventilation pour murmurer :

— Maxime se braque facilement, mais il a le cœur sur la main. Tâchez simplement de lui glisser, d'homme à homme, que vous avez trouvé Pauline dans un état épouvantable : elle pleure toutes les larmes de son corps.

J'étais plutôt censé suggérer au détenu qu'elle mouillait pour lui, mais bon, sur un plan psychologique, la stratégie de Mme Voisin se défendait. J'ai dit que je ferais de mon mieux.

— Merci. On arrive, attendez-moi.

Elle s'est garée à la limite d'un terrain vague hérissé de projecteurs. En face, le centre de détention bouchait l'horizon avec ses hauts murs, ses barbelés, ses miradors. Elle a mis ses feux de détresse, pris sous le coude mon carton d'ouvrages dédicacés, et elle a couru sous la neige sonner à la porte du Quartier femmes.

Comme elle avait laissé tourner le moteur, j'ai allumé l'autoradio. L'animateur de la station régionale prédisait une aggravation des chutes de neige et des retards importants sur tout le réseau ferroviaire. Je me suis vu débarquer à trois heures du matin gare de Lyon, sans métro ni bus, obligé de prendre un taxi pour rejoindre Clichy. Un coup de blues m'est tombé dessus. Mon studio vide sous les toits, inchauffable. Les factures en souffrance, le loyer en retard, mes ventes qui ne décollaient pas, l'éditeur qui hésitait à me signer un contrat pour mon prochain roman dont j'avais déjà raturé huit cents pages. Une plongée dans l'enfer des tranchées de 14-18 en Lorraine, à partir des carnets de mon aïeul – une promesse que m'avait arrachée ma mère sur son lit de mort.

J'ai sorti de ma poche la petite culotte à pois, modèle classique, à peine échancrée, pas vraiment affriolante, et j'y ai enfoui mon nez. Immergé dans un parfum qui n'avait rien d'intime – je reconnaissais *Fraîcheur pomme* de Cajoline ; on utilisait le même assouplissant –, je me suis dit que ma vie ne rimait à rien. Qu'avais-je à offrir, à espérer, à défendre ? Je me serais bien sacrifié pour une Pauline, moi aussi – encore eût-il fallu être aimé comme le voyou d'honneur auprès de qui je m'apprêtais à jouer les Casques bleus du cul.

— Chantal vous remercie de la dédicace, a dit Mme Voisin en remontant au volant. C'est la surveillante-chef à qui vous avez souhaité bon courage pour sa sœur.

J'ai replongé prestement la culotte dans ma poche.

— Il y a des gens bien, *aussi*, parmi les matons, m'a-t-elle signifié gravement. Mais parfois, la gentillesse ne suffit plus.

Elle a éteint la radio, mis son clignotant, et a fait le tour de l'enceinte électrifiée pour aller stationner en face de l'entrée des hommes. Penchée au-dessus de mes genoux, elle a pris dans le vide-poches un sac Galeries Lafayette renfermant des cagoules. Un instant, j'ai eu la vision d'un braquage, d'une tentative d'évasion avec prise d'otages.

— C'est pour ceux de vos lecteurs qui refusent d'être filmés. La culture en prison, vous savez, ce n'est pas toujours bien vu. Je dois faire avec.

En retirant sa clé de contact, elle m'a demandé :

— Vous connaissez le Spip ?

Un peu décontenancé, j'ai dit :

— L'écureuil de Spirou et Fantasio ?

— Non, le Service pénitentiaire d'insertion et de probation. L'organisme qui chapeaute mes animations culturelles. Le directeur adjoint Rhône-Alpes assiste à votre conférence : c'est très important pour mon action et pour le dossier de Maxime. Soyez bon. Je veux dire : aidez Maxime à vous interviewer. Parce qu'il est parfois un peu timide.

— Pas de problème.

— Et s'il vous pose des questions sur Pauline, ensuite, restez vague. Vous la trouvez dévouée, mais très éteinte et assez froide avec vous. Parce que, dans l'état d'esprit où il est, il serait trop content de conclure qu'elle s'intéresse déjà à un autre homme.

J'ai eu un pauvre sourire de modestie lucide, dont l'hypocrisie m'a bien plu. La situation, je dois le dire, me procurait brusquement une véritable jubilation. Comme si le bout de soie s'était mis à diffuser, du fond de sa cachette, une onde légère, un enchantement discret – l'appel du sexe de Pauline que je serais le seul à entendre. Pour la première fois de ma vie, peut-être, j'ai pris conscience que j'étais un homme libre. Et qu'il était temps d'en profiter.

J'ai commencé à déchanter au moment de la fouille. Heureusement, le préposé à la palpation n'a pas prêté plus d'attention à la culotte de Pauline qu'aux préservatifs. Tout ce qui l'a intéressé, c'est mon stylo Waterman qu'il a déposé dans une cuvette en me donnant un jeton numéroté : je le récupérerais à la sortie.

— Et avec quoi il dédicace ? s'est crispée Mme Voisin.

— Commencez pas, a ronchonné un bleu marine à galons dorés en pointant le nombre de cagoules.

— Monsieur Marestel ! a-t-elle crié, avant d'ajouter à mon oreille, tandis que l'interpellé franchissait le portique de l'accueil : C'est le directeur adjoint dont je vous parlais. Il aime Robbe-Grillet et Jean Ferrat.

Je lui ai promis d'un plissement de paupières que je ne manquerais pas, le cas échéant, de les placer dans la conversation.

— Monsieur Marestel, j'ai l'honneur de vous présenter notre lauréat, Quincy Farriol.

J'ai serré la main du Spip, un chauve à tête de fouine, poignée molle et chewing-gum triste, qui m'a dit bonjour de profil en glissant à ma libraire :

— Il tombe mal. Les mouvements sociaux affectent à nouveau les parloirs ; j'espère qu'on va pouvoir garder le créneau.

— Évidemment qu'on va le garder ! s'est insurgée Mme Voisin. On ne peut pas arriver en retard à la librairie : *L'Écho* nous attend et le Président a promis de passer pour le direct de France 3 !

— Ce n'est pas de mon ressort, a répliqué le Spip.

— Et son stylo ! Ils lui ont confisqué son stylo.

— Ils ont prévu le crayon homologué, en salle 4.

— Enfin, ça ne se signe pas au crayon, un livre !

— Aujourd'hui, ça se signera au crayon ou pas du tout ! Allez, bonne chance, je ne peux pas rester, je suis désolé, j'ai une réunion. Charmé, a-t-il conclu à mon intention avec le même regard fuyant.

Mme Voisin m'a donné un léger coup de coude. J'ai répondu au responsable pénitentiaire, en ponctuant ma citation par des vagues dans les sourcils :

— « Pourtant, que la montagne est belle »...

Il m'a toisé, lèvres pincées, sans paraître reconnaître. J'aurais dû ajouter la mélodie. Il est sorti en remontant son col de loden.

— Jeton, a dit le gardien qui me tendait un deuxième jeton en échange de ma carte d'identité.

Et on est partis de couloir en couloir, de sas en sas, de grille en grille, dans le bourdonnement des serrures et les appels de sécurité. La prison sentait la pisse et l'ammoniaque, avec des courants d'air chaud, vaguement sucrés, qui semblaient provenir de la ventilation d'un pressing. Sous le filet anti-suicide, les portes des cellules étaient peintes couleur saumon, pour humaniser.

Mme Voisin fulminait, le nez sur sa montre. Après vingt minutes d'attente pour raisons diverses devant chaque porte électrique à barreaux séparant les divisions, on nous a introduits dans une sorte de salle de classe vide. Sur l'estrade, un grand type à catogan a jailli de sa chaise dans un survêtement rouge.

— Mais putain, qu'est-ce que vous branlez, vous avez vu l'heure ?

— Sécurité, a répondu le gardien moustachu qui nous accompagnait.

— Grève du zèle, oui ! Aucun respect pour la culture, a-t-il enchaîné en se tournant vers moi.

Je lui ai tendu la main. Il m'a fait signe d'attendre, a sorti de son survêt une pochette rafraîchissante, comme celles qu'on distribue dans les avions. Il a déchiré l'emballage, déplié la lingette et nettoyé ses mains, avant de me broyer les phalanges avec un sourire radieux.

— Maxime De Pleister. Tu peux me dire tu : je suis pas noble, je suis belge. D'origine flamande, quand même, sans vouloir me la péter. *De Pleister*, ça veut dire «le sparadrap». Désolé que ça soit tombé sur toi. D'un autre côté, *een pleister op de wond*, ça se traduit par «du baume sur la plaie». Du baume au cœur, quoi. Bravo et merci d'être venu, en tout cas. Elle est pas belle la vie, alors, dans le monde libre ? Parce que ton univers, j'adore, mais c'est à se flinguer. Normal que le maton du jury ait voté pour toi : c'est pas ta vision de la société qui donnera envie de s'évader. Ça va, Jeanne ? Elle déchire, vot' nouvelle doudoune.

Il a claqué trois bises sur les joues de ma libraire. Il parlait en rafales de mitraillette, postillonnant, sonore, frondeur. La timidité que lui prêtait Mme Voisin, je ne voyais pas trop où elle se situait. Ni ce qu'une jeune fille raffinée comme Pauline Sorgues pouvait bien trouver à ce butor. Il avait dû être beau, avant le survêtement rouge, le catogan et le contexte. Dépaysant et sexué, avec son regard turquoise de chien de traîneau qui adoucissait sa musculature. Ce n'était plus qu'un pitre en déroute qui brassait de l'air.

— Où sont les autres ? s'est inquiétée Mme Voisin.

Elle désignait les rangées de chaises vides autour d'un caméscope sur trépied.

— *Sécurité*, a grasseyé Maxime en imitant le moustachu bleu marine avant de se retourner vers lui. Alors, on fait quoi ? On les attend ou pas ?

— Le temps qu'ils arrivent, il faudra qu'ils repartent pour le repas, a résumé le surveillant.

— Bref, on l'a dans le cul, a traduit le détenu.

— Ils n'avaient qu'à accepter de se soumettre à la fouille.

— Mais putain, m'sieur Ménigoz, vous nous fouillez à chaque porte, c'est complètement illégal ! Seulement comme ils sont en grève, a-t-il enchaîné pour moi, le respect de leur droit prime sur la loi. Commence par les dédicaces, si tu veux bien, ça les fera venir.

Je me suis assis devant la petite table où s'empilaient les douze exemplaires lus par le jury. À l'intérieur de chacun, une fiche caramel portant un numéro à six chiffres suivi d'un prénom entre parenthèses. Le dernier livre contenait une carte de visite classique, au nom de Solange et Guy Ménigoz.

— Il vous reste un quart d'heure, De Pleister.

— On y va ! a décidé mon intervieweur en sortant de la poche kangourou de son survêt un exemplaire tout corné, gonflé de notes. Il accepte d'être filmé, m'sieur Ménigoz ?

Le moustachu a hoché la tête et s'est adossé à une cloison.

— Question respect de la vie privée, c'est vrai qu'il ne risque rien : il fait partie des murs. Allez, action !

Il a claqué les mains façon clap. Mme Voisin a posé son sac de cagoules et s'est installée derrière le caméscope. J'ai terminé de remercier au crayon les jurés, puis j'ai rejoint sur l'estrade Maxime qui avait empoigné un micro. Il s'est raclé la gorge, a dit un-deux, un-deux pendant trente secondes.

— C'est bon ! a lancé d'un ton soucieux Jeanne Voisin, qui avait coiffé un casque d'ingénieur du son.

— Amis de Saint-Pierre, salut, salam, shalom ! a-t-il attaqué avec une allégresse de jeu télévisé. Nous recevons aujourd'hui, dans le cadre de *Lecture en fête*, un invité prestigieux qui a remporté notre prix à l'unanimité ! Quincy Farriol, en vertu des pouvoirs qui me sont conférés par mon jury ici absent, j'ai l'honneur de vous offrir l'œuvre d'art peinte à votre intention par l'artiste Maryse Bourdot, qui s'est portée volontaire suite au transfert de notre ami l'artiste Igor Askolkov à Clairvaux. Œuvre d'art qui vous attend à la librairie Voisin.

Applaudissements de la cadreuse et du gardien. J'ai incliné la tête en souriant. Maxime m'a passé la parole d'un coup de micro dans les dents. J'ai lancé gaiement :

« Merci Saint-Pierre ! », pour m'aligner sur le ton de l'animateur. Offrir un peu d'humanité aux téléspectateurs incarcérés.

— Quincy, j'irai droit au but : je ne suis peut-être pas un spécialiste, mais je vous parie que le prochain prix qu'on vous donnera, ça sera le Goncourt. Parce que vot' livre, pour un premier roman, non seulement il est écrit, mais il se lit !

J'ai tortillé mes lèvres d'un air modeste. Même le critique du *Républicain lorrain* n'avait pas aussi bien exprimé ma spécificité.

— Alors, Quincy, dites-nous : vos origines. C'est important, ici, pour beaucoup de ceux qui nous regardent. Farriol, ça vient d'où ? C'est vrai, vous êtes né à Thionville, mais ça ne fait pas très Alsace-Lorraine.

— En fait, mon père était natif de Bargemon, dans le Var.

— Vous êtes un enfant de l'immigration, quoi.

— Disons qu'avant ma naissance, il s'était rapproché de ma mère, qui avait toute sa famille en Moselle.

— Une famille où vous êtes écolos de mère en fils, tandis que votre père, lui, délégué syndical chez Castorama, il était plutôt Michel Rocard.

— J'ai dû faire la synthèse, oui.

— Et il buvait. Comme le mien, mais c'est pas pour ça que je me suis identifié. Il était goal, le mien. Acheté au Maximus Zuidergem par l'AS Marcherolles. Et puis, il s'est pété le ménisque. Merci au président Sonnaz qui continue à faire vivre ce club contre vents et marées. Non, ce qui m'a parlé, c'est quand votre personnage est tellement dingue d'une femme qu'il renonce à elle pour la protéger de lui-même.

Mme Voisin a retiré brusquement son œil du viseur pour me lancer un regard sévère. J'ai nuancé, diplomate :

— Oui, enfin, ce n'est pas forcément un exemple à suivre.

— Au contraire. C'est ça, l'énergie du « ver de terre amoureux d'une étoile », comme dit Victor Hugo à la première page. C'est marrant, j'ai dix ans de plus que vous, et c'est comme ça que je fonctionne. Alors qu'à votre âge, moi, je pensais juste à m'éclater. Si, si. Non, ce qui m'a ému, Farriol, c'est que vous êtes en prison dans vot' tête, encore plus que moi.

Ma déglutition a produit un bruit caverneux dans le micro qu'il me tendait pour que je réagisse.

— Dix minutes, a lancé notre spectateur.

— Alors on a tous une question qui nous brûle. Le père de votre personnage, donc, qui s'est sorti d'un cancer et qui s'électrocute avec une guirlande quand vous êtes môme, vous aviez déjà commencé à écrire avant, ou ç'a été le déclencheur ?

— Je pense qu'on a besoin d'écrire quand on n'est pas satisfait de la vie normale. On écrit pour vivre autre chose.

— Et ça va mieux, après ?

Je lui ai rendu son regard. J'ai répondu non. Et il a continué à me cuisiner pendant les dix minutes restantes, avec autant de subtilité que de balourdise, protégeant comme par pudeur une sensibilité à fleur de peau derrière des manières de bourrin. De la même manière, ses muscles en saillie sous le survêt à deux balles contrastaient avec son parfum de vétiver, exotique, subtil, sensuel. Une chose était sûre : il m'avait vraiment lu, du début à la fin et plutôt deux fois qu'une. Ses citations étaient aussi pertinentes que ses questions. Il me flattait, m'embarrassait, m'amusait, me touchait ; je le trouvais complètement brouillon, mais *juste*. À mon corps défendant, je commençais à comprendre Pauline.

— Des questions dans la salle ? a-t-il suggéré.

Mme Voisin a tourné brusquement sa caméra vers le surveillant, qui a fait non de la tête. Elle est restée en gros plan sur lui, jusqu'à ce qu'il marmonne d'un air gêné :

— Un romancier, finalement, il est un peu le gardien de ses personnages. Non ?

Soucieux d'apaiser les tensions dans la maison d'arrêt, je l'ai complimenté pour la finesse de son analyse. D'un claquement de doigts, Maxime a intimé à la cadreuse de revenir sur lui en gros plan.

— Et voilà, les gars, c'était *Lecture en fête*. On se donne rendez-vous si tout va bien dans un mois avec Jacques Lozerand, conservateur du musée de Chambéry, pour son livre sur les croisades que Mme Voisin a beaucoup aimé aussi : tâchons de le lire d'ici là. Une conclusion, Quincy Farriol ?

— Merci de votre écoute, ai-je dit en direction de la caméra. Je vous souhaite de faire le meilleur usage possible du temps que vous passerez ici. À bientôt, peut-être.

Notre libraire a applaudi vigoureusement, entraînant le surveillant dans sa *standing ovation*.

— J'aurais un mot à vous dire en privé, si c'est possible, ai-je murmuré à Maxime quand je lui ai rendu le micro.

— Moi aussi. Aide-moi à ranger le matos.

J'ai enroulé les câbles et, tandis que Mme Voisin commentait l'émission avec le public, je l'ai suivi dans le cagibi technique derrière l'estrade. Mes petits calculs sournois de tout à l'heure ne rimaient plus à rien, après le moment d'émotion que je venais de vivre.

— Tu as vu Pauline, alors, a-t-il attaqué en posant le caméscope sur une étagère pour en extraire la cassette. Je suppose qu'elle t'a donné un message.

Je suis resté coi, empêtré dans les préliminaires que j'allais entamer.

— Oui, mais...

— C'est pas la peine, mon pote. On s'est tout dit. Elle est à toi, si tu veux. Mais attention : c'est pas une quiche, c'est une reine. C'était ma déesse à moi. Elle vaut cent fois mieux que nous deux réunis, mais bon, si tu sens une ouverture, ça serait con de passer à côté. Pour elle comme pour toi. Même si c'est juste un coup d'un soir, c'est toujours mieux qu'un parloir.

Voûté au-dessus de la cassette, il a inscrit la date et mon nom sur l'étiquette. J'ai protesté en faisant contre bonne fortune grand cœur :

— C'est toi qu'elle aime, Maxime. Elle m'a à peine regardé.

— C'est le problème, a-t-il soupiré.

— Tout ce qu'elle a vu en moi, c'est le type qui allait te rencontrer. Celui qui allait pouvoir te remettre « quelque chose de plus fort que les mots », je cite.

Et j'ai délicatement sorti de ma poche le message de Pauline, le lui ai mis dans la main. Je l'ai vu blêmir. Il a crispé les doigts sur le bout de soie, sans me quitter des yeux.

— Tu sais ce qu'elle veut me dire par là ?

J'ai indiqué d'un geste vague que j'étais sans opinion. Je transmettais, c'est tout. Leur langage sexuel ne me regardait pas.

— Chaque fois que je suis parti un peu loin en escorte avec le Président, au Japon, en Nouvelle-Calédonie, en Afrique..., elle me glissait dans la poche sa petite culotte comme grigri. Pour qu'il ne m'arrive rien, pour que je revienne vite.

— Eh ben voilà, ai-je souligné d'un ton niais. Comme ça, tu vas sortir bientôt.

Il m'a rendu le talisman, et s'est laissé tomber sur une chaise. Son regard était devenu très dur.

— Je vais prendre le max et je serai transféré en centrale à Ensisheim ou Saint-Martin-de-Ré, les plus strictes. Pour m'éviter les sympathies locales et les traitements de faveur. Je suis fini, mec. Pauline, elle a vingt et un ans, c'est une vie qui commence. Je veux qu'elle aille étudier en Angleterre, elle est hyperdouée dans sa branche. Avant même que je la fasse pistonner par le cabinet du Président, Oxford avait déjà accepté son dossier, tu te rends compte ? La meilleure université du monde en informatique ! Je ne suis plus rien qu'un boulet, pour elle. Une tache. Un casier.

— Mais tu as fait quoi, exactement ?

— Rien. Rien de ce qu'on me reproche. Le reste, j'aurais pu gérer. Mais là, ils me tiennent *justement* parce qu'y a rien dans le dossier.

— Eh ben, défends-toi !

Il a défait soudain son catogan, lâché ses longs cheveux sales, blond foncé, qu'il a grattés furieusement. Puis il est resté plié en avant sur sa chaise, comme un saule pleureur abattu. Il s'est redressé dans un sursaut.

— Quand je dis « rien », je veux dire : rien de vrai. Pour te la faire courte, le problème du Président, c'est qu'il a des dossiers, et qu'il a une méthode. Tous les anciens collabos qui sont arrivés au pouvoir en se faisant passer pour des gaullistes, il les tient. Et la drogue, il aime pas. Alors il utilise la mafia des casinos pour éliminer les dealers. Comme avant, dans la Résistance, il utilisait les flingueurs du milieu pour buter les SS. D'où la puissance cumulée de ceux qui veulent sa peau. Tu mords le topo ?

— Mais... toi, là-dedans, quel est ton rôle ?

— On a trouvé un dealer flingué par un de mes Beretta, et le pistolet dans une poubelle avec mes empreintes. On me l'avait piqué chez moi le jour même, évidemment, mais va le prouver.

Il a rattaché ses cheveux dans un mouvement sec.

— Tu n'as pas d'alibi ?

— Risque pas que je le donne. Je montais la garde devant un chalet en Italie où le Président rencontrait en secret des gens qu'il vaut mieux ne pas connaître – j'm'arrête là, dans ton intérêt. C'est vérolé jusqu'à l'os, j'te dis.

— Monsieur Farriol, nous devons y aller ! s'est impatientée la libraire de l'autre côté de la cloison.

— Juste une minute, Jeanne, il me dédicace la cassette. En plus, a-t-il enchaîné à mon oreille, y a un soi-disant témoin qui m'aurait vu filer une enveloppe au dealer un mois plus tôt. Résultat des courses : la juge d'instruction m'a collé homicide volontaire avec préméditation.

— Mais c'est dégueulasse ! Défends-toi !

Il s'est relevé pour me jeter à la face :

— Ma seule défense, ça serait de faire tomber le Président, et j'suis pas une balance. Je lui dois tout, je suis le seul en qui il a confiance. Je ne le trahirai jamais.

— Mais lui, il peut dire qu'il était avec toi ! Pas dans le chalet italien : ailleurs.

— Sa femme a déclaré qu'il dormait chez lui à côté d'elle, tu veux que je la traite de menteuse ? C'est ce que j'ai répondu à cette pute de juge d'instruction, quand elle m'a mis le marché en main. Oh, pas aussi clairement que ça. Avec des allusions du bout des lèvres, genre sainte-nitouche. Mais j'suis pas con : si je balance le Président, mon flingue disparaît, y a plus de preuve contre moi, et je suis libre. Sauf que, désolé ma p'tite dame : à l'heure du crime, je roupillais seul dans ma piaule, point barre.

— De Pleister ! a appelé le surveillant.

— J'arrive ! Sors-moi Pauline de ce merdier, Farriol, je t'en supplie. Si la juge croit qu'on est toujours ensemble, elle va s'acharner contre elle, je la connais. Convocation, statut de témoin assisté, citation à comparaître, interdiction de quitter la France... Elle est mon seul point faible. Faut pas qu'ils le sachent.

Il a levé la main droite, m'a broyé l'épaule.

— Pourquoi tu crois que j't'ai fait avoir ce prix, mon pote ? Tu es quelqu'un de bien, je l'ai senti entre les lignes, tu as une belle carrière devant toi... Tu es le mec rêvé pour elle, la porte de sortie idéale. Aide-la à m'oublier.

J'ai protesté, mollement : j'avais peut-être une vie, moi aussi, des amours...

— Ça saute pas aux yeux, quand on te lit, a-t-il remarqué avec un sourire en coin assez désobligeant. Et ne me dis pas qu'elle te branche moyen : t'as les yeux qui bandent rien qu'à toucher ta poche.

Il m'a donné son livre après avoir ôté ses marque-pages.

— Quand tu lui feras ta dédicace de ma part, pense à deux choses pour t'enlever tes scrupules. Si je balance le Président, il est mort. Tandis que Pauline, c'est en la jetant que je la sauve. Leur destin dépend de moi, OK ? J'ai besoin de me le dire. C'est pas l'amour qui me fera tenir le coup, là où je vais, c'est l'ego.

Je n'ai rien trouvé à répondre. Si ce n'est, pour alimenter cet ego protecteur, une demande de conseil : comment m'y prendre avec Pauline ?

Il a marqué un temps d'arrêt. Il a plissé les paupières pour me détailler, essayant sans doute de m'envisager avec les yeux de son ex. Puis un sourire a détendu ses traits, un sourire de gamin, un sourire de filou.

— Mon conseil, Farriol, c'est d'y aller par paliers. Pour l'instant, tout ce qu'elle voit en toi, c'est moi. Profites-en. Une femme, comme tu l'as écrit, c'est pas seulement un cœur et un cul.

Je ne me souvenais pas d'avoir émis un tel axiome, mais, pour ne pas le froisser, je me suis rangé à mon opinion avec un air fataliste. En stimulant sa mémoire par des claquements de doigts, il a fini par retrouver la citation exacte. Les yeux dans mes yeux, il a détaché les syllabes avec une lenteur lyrique :

— « Une femme, c'est un tissu de contradictions qui tend vers la synthèse. »

Il m'injectait ma phrase comme on transfuse à un patient son propre sang. Dans l'intention apparente d'illustrer le propos, il a sorti ensuite de sa poche une de ses lingettes. Il l'a extraite de son sachet, l'a passée délicatement sur mon cou, ma nuque et le contour de mes oreilles, en me regardant comme son reflet dans une glace. Il y avait une espèce de tendresse machinale dans ses gestes. Un adieu à lui-même.

— Moi aussi, tu vois, je lui donne un souvenir. Fais-en bon usage.

La gorge nouée, j'ai demandé en m'efforçant de refouler l'empathie :

— Qu'est-ce que tu vas devenir, Maxime ?

— J'suis pas inquiet pour moi. Quand le pouvoir changera de mains, je serai libéré pour bonne conduite. Avec une paillote tous frais payés aux îles Caïmans, pour me remercier de mon silence. Ou alors, on me suicidera en cellule. L'un ou l'autre, j'aurai la conscience nette. Allez, casse-toi, maintenant, on s'est tout dit. Bonne bourre.

Et il a rejoint son gardien, qui l'a évacué dans les bruits de clés et les claquements de serrures. Je suis resté un instant à contempler l'atelier vidéo, les dix cassettes de *Lecture en fête* rangées sur l'étagère par ordre chronologique. L'odeur de Maxime semblait gagner en intensité sur ma peau depuis qu'il était parti. J'ai rejoint l'estrade.

— Ça s'est bien passé ? a demandé Mme Voisin qui venait à ma rencontre.

J'ai répondu « Très bien », avec une neutralité qui l'a inquiétée à juste titre. Elle a regardé mes doigts serrés sur l'exemplaire de Maxime, puis elle a froncé les sourcils en approchant le nez de mon col.

— Je vois, a-t-elle soupiré d'un air entendu.

Je me suis senti rougir. Elle a secoué la tête avec un petit clappement de langue.

— Ne le prenez pas mal, mais c'est un répulsif. Dès que Pauline sentira sur vous l'odeur de son homme, vous ne serez plus dangereux. *Vétiver*, c'est sacré. Elle lui a commandé chez Carven cinquante cartons de lingettes en gros : ça l'isole des remugles ambiants, il se sent un peu moins mal. La bonne nouvelle, c'est qu'il tient encore à Pauline. Et qu'il a envie que vous soyez son ami, pas son rival.

Elle attendait une réaction de ma part. J'ai dit que j'étais flatté.

— Quoi qu'il en soit, vous avez fait un tabac. M. Ménigoz vous avait parcouru en diagonale ; il m'a dit qu'il allait vous relire de fond en comble. En tout cas, je suis rassurée pour Maxime. J'ai tellement peur qu'il craque.

Un autre surveillant est venu nous chercher. Couloirs, portes électriques à barreaux, attentes, portiques, guérites, remise des jetons en échange de ma carte d'identité et de mon Waterman. La cour. La neige. Le grincement du portail en acier noir. L'étonnement de se retrouver dans la rue, de l'autre côté des murs, libre. Comme si c'était une erreur. Une chance volée à d'autres. Un passe-droit. Tandis que le parfum de Maxime s'exaltait sous les flocons, j'avais l'impression insidieuse qu'une part de moi-même était restée à l'intérieur.

J'ai aidé la libraire à racler le pare-brise de sa Lada. Puis j'ai retrouvé mon siège défoncé et mon mal au cœur de l'aller, aggravé par les effluves de vétiver. Mme Voisin souriait dans le vide, les doigts crispés sur son volant. Nous n'avons pas desserré les lèvres de tout le trajet.

Sur mes genoux, le roman annoté par Maxime cheminait vers Pauline. Au passage à niveau, j'ai rédigé ma dédicace. Penchée vers moi avec une discrétion relative, la vieille dame déchiffrait les mots qui hésitaient sous ma plume.

Je m'accoude au parapet, quai Voltaire, à l'ombre des platanes surplombant la Seine. J'allume une cigarette et feuillette l'exemplaire défraîchi dans la touffeur de septembre. Je vais d'une page cornée à l'autre, j'essaie de déchiffrer les notes au crayon, je relis les passages soulignés...

Une feuille tombe sur le trottoir. Je la ramasse, la déplie.

Bonjour, Quincy.
Si tu as trouvé ce livre et si l'envie te prend de me le rendre, je suis à l'hôtel Westin Vendôme. Ça me ferait plaisir de te revoir.

C'est daté d'hier.

Quand nous sommes revenus à la librairie, Pauline achevait de déneiger le parking à grandes pelletées. Son sourire anxieux m'a cueilli dès l'ouverture de portière. J'ai arrondi les lèvres en plissant les yeux, histoire de gagner du temps, de ménager ses illusions. De trouver les mots adéquats. Et je lui ai tendu l'exemplaire tamponné par l'administration pénitentiaire, ouvert à la page dédicacée :

À Pauline et Maxime,
ce roman qui aura permis notre rencontre.
Avec l'espoir d'un bonheur futur auquel je m'associe de tout cœur.

Quincy

Les lèvres serrées, elle m'a remercié du regard, et elle a vivement enfoui le livre dans sa poche d'anorak pour le protéger des flocons. Sous les fumées d'échappement de la Lada qui se garait contre le local poubelles, elle ne semblait pas déceler le parfum avec lequel Maxime avait marqué le territoire.

— Il va mieux, lui a dit Mme Voisin en nous rejoignant. Très jolie interview, il était vraiment porté par le sujet. Je crois que M. Farriol lui a fait beaucoup de bien.

Du coup, Pauline s'est remise à pelleter avec une énergie décuplée. Lorsque j'ai proposé de lui prêter main-forte, la libraire m'a rabroué d'un air offusqué.

— Vous n'y êtes pas ? Les actualités régionales seront là d'une minute à l'autre pour vous filmer avec le Président ! Le lauréat qui joue les cantonniers, non merci. C'est important pour nous tous, ce prix. Je veux qu'ils vous prennent au sérieux.

Avec un air de dévouement admirable, j'ai laissé pelleter Pauline pour regagner ma table de signature. Je me demandais finalement s'il était opportun de lui restituer sa culotte, de lui signifier la fin de non-recevoir que m'avait opposée Maxime. Entretenir l'espoir sur leur avenir était peut-être le meilleur moyen de me concilier le présent. D'un autre côté, il ne se passerait rien entre nous si je n'avais aucune raison de la consoler. J'étais chargé de lui faire oublier Maxime : ce serait le trahir que de ne pas tenter ma chance.

— Ils vont arriver et rien n'est prêt ! a pesté Mme Voisin avant de foncer vers sa cuisine.

Je la trouvais injuste. Pauline avait disposé des nappes blanches par-dessus les tables de livres, et les plateaux de Cracottes au foie gras disparaissaient derrière des pains surprises, des corbeilles de crudités entourées de ramequins aux sauces multicolores, des tourtes à la tomate découpées en éventail. Au sommet d'une pièce montée trônait mon livre en pâte d'amandes. *Prix littéraire de la maison d'arrêt de Saint-Pierre* était écrit au sucre filé.

Dix secondes plus tard, Pauline a surgi en retirant son anorak. Même gerbe d'étincelles que tout à l'heure. Je lui faisais face, les mains dans les poches de mon veston. Elle a dénoué son écharpe et, à voix très basse, m'a interrogé avec une impatience d'enfant :

— Alors... Comment il a réagi ?

Je serrais les doigts sur sa culotte, m'apprêtant à la lui rendre avec le regard intense et le geste sobre. Mais je l'ai vue pâlir sous mon silence. Elle a dit :

— Il n'a pas voulu de mon cadeau.

Constat, point final, page tournée. Je n'ai pas supporté la tristesse dans ses yeux. La résignation, l'injustice. De ma poche, j'ai sorti le stylo Waterman que j'ai posé sur la table. Et j'ai répondu d'un ton embarrassé qui dissimulait le mensonge sous une autre forme de franchise :

— Si, si... Ça l'a beaucoup touché, mais...

J'ai senti mon cœur accélérer dans les points de suspension.

— Mais ?

— Il veut vous faire un cadeau, lui aussi.

Elle s'est illuminée.

— Un cadeau ? C'est quoi ?

Je me suis efforcé de soutenir son regard sans ciller. Je n'allais tout de même pas répondre : « C'est moi. » Avec une humilité navrée, je me suis rapproché de dix centimètres. Dès qu'elle a senti l'eau de Cologne de Maxime, elle a fermé les yeux en mordant ses lèvres. J'ai vu une larme couler sur sa joue.

61

Une furieuse envie de la prendre dans mes bras, juste comme ça, en copains, pour effacer toute ambiguïté de ma part, tétanisait mes muscles. Elle a pivoté brusquement, traversé la librairie à grandes enjambées de Moon Boots pour rejoindre Mme Voisin à la cuisine.

— Vous avez besoin de moi, Jeanne ?
— Oui, les glaçons, merci. C'est impossible à démouler, ces saletés.

J'ai allumé une cigarette pour me désodoriser. Me démaximiser. L'idée qu'il avait eue était débile, insultante pour Pauline, et c'est moi qui en faisais les frais. C'était bien plus pernicieux que l'hypothèse du répulsif émise par la libraire. J'imaginais ce que Pauline pouvait déduire de notre discussion à la maison d'arrêt. Deux mecs négociant une femme. La porte ouverte au graveleux, à la connivence de vestiaire. Saute-la pour moi, l'odeur fera l'affaire. C'était le pire râteau de ma vie. Et, cette fois, je n'y étais vraiment pour rien.

Je me suis assis sous mon portrait funèbre, derrière mes livres, et j'ai attendu le client. Pauline est revenue au bout d'un moment, portant un plateau de bouteilles dans le tintement des glaçons.

— Je vais me redonner un coup de peigne, a lancé Mme Voisin du fond de son arrière-boutique.

Bruit de porte, craquements de parquet. Pauline a disposé vermouth, pastis, porto et vin d'orange, puis s'est perchée d'une fesse devant mes livres. En retirant ses Moon Boots pour remettre ses escarpins, elle m'a dit avec un sourire désarmant :

— Bon. On peut en parler calmement ?

Je me suis récrié :
— Bien sûr.
Toute tristesse avait disparu de son visage. Les baguettes en bois clair bien d'aplomb dans son chignon refait, ses yeux gris n'exprimant que de la bienveillance et du courage, elle se faisait violence avec une douceur extrême.
— C'est gentil, la cigarette, mais rien ne peut lutter contre *Vétiver* de Carven. Vous permettez ?
Elle a cueilli la Gitane entre mes lèvres et l'a écrasée dans le cendrier sans me quitter des yeux.
— Vous êtes son cadeau, donc.
Je me suis efforcé de sourire avec indulgence.
— Il ne faut pas le prendre au premier degré, Pauline. C'était sous le coup de l'émotion. Vous lui offrez quelque chose de très personnel, alors lui, de son côté...
Mon explication a tourné court. L'idée de réciprocité me paraissait difficile à rendre, sans basculer dans le grivois. Elle a complété ma phrase :
— Il fait pareil. D'accord. Mais ma culotte, je ne vous l'ai pas mise sur la tête. Je veux dire : il aurait pu juste vous donner une lingette.
Avec un air conciliateur, je me suis incliné devant l'argument. Elle a soudain reculé le buste. Dans son regard étréci a brillé une flamme de suspicion, tandis que son sourire s'ouvrait sur un espoir démesuré :
— C'est *vous* qui avez sorti la lingette du sachet pour vous mettre son parfum.
J'ai laissé passer trois secondes, puis, avec une crispation légitime, j'ai répondu que je n'étais pas ce genre

d'homme. Elle a rougi violemment. Ses doigts se sont posés sur ma manche.

— Excusez-moi, Quincy, je ne sais plus ce que je dis. Je ne m'attendais tellement pas à... à ce qu'il réagisse comme ça. Vous ne m'en voulez pas trop ?

— Non, non. C'est normal d'envisager toutes les hypothèses.

— Il y en a d'autres ?

J'ai laissé se creuser le silence. Elle a retiré sa main, l'a montée dans ses cheveux pour raccrocher une mèche. Elle avait l'air dévastée, à nouveau.

— Pardon, mais j'ai besoin de comprendre. Il est parfois un peu brutal, vous avez dû vous en rendre compte, mais il a une telle délicatesse, en même temps... Vous êtes quel genre de cadeau, pour lui ? Un cadeau de rupture, un cadeau d'adieu, ou un cadeau-relais ?

— Un cadeau-relais, bien sûr.

La réponse avait jailli de mes lèvres en toute hypocrisie, en toute sincérité aussi. C'était drôle, cette expression. Comme un prêt-relais qu'accorde une banque lorsqu'on doit acquérir un nouveau logement avant d'avoir réussi à vendre l'ancien.

— Comment il a pu vous demander une chose pareille ?

J'ai écarté les bras en signe d'ignorance. Après trois secondes, j'ai ajouté finement qu'il devait avoir ses raisons, et qu'on pouvait lui faire confiance.

— Je m'en veux de vous avoir mis dans une telle situation. J'ai honte.

— Il ne faut pas, ai-je dit, faute de mieux.

— Vous êtes gentil.

Toujours assise d'une fesse sur la table, jambes croisées entre mes livres, elle me rendait fou avec son air de ne pas mesurer l'impact de sa chatte nue à quarante centimètres de mes mains.

— Mais je suis désolée si, de votre côté, vous avez pu croire que...

Elle a fini sa phrase par un léger mouvement d'épaules. D'un coup, j'ai pris conscience du dérisoire de mes efforts. Ce n'était même pas une blessure d'amour-propre. Juste un retour de lucidité.

— C'est vrai que je ne suis pas un très beau cadeau. Il a pris ce qu'il avait sous la main.

Le coin de ses lèvres a tressailli. Une ombre est passée dans ses yeux. Une gêne. Un doute. Le début d'un dilemme. C'est fou comme je suis psychologue, quand je ne le fais pas exprès.

— Ce n'est pas ce que j'ai voulu dire, Quincy, a-t-elle balbutié. Je suis très honorée, en même temps. On vous admire tous les deux, on a éprouvé sans doute les mêmes choses en lisant votre livre, mais de là à vous demander de... Il vous a demandé quoi, en fait ?

— Il ne m'a rien demandé.

— Qu'est-ce qu'il avait en tête, alors ?

J'ai décidé d'être honnête, à mes risques et périls. De traduire au plus près ce que j'avais ressenti quand il m'avait imprégné le cou avec sa lingette d'eau de Cologne.

— Peut-être qu'il s'est dit que, le cas échéant...

J'ai marqué un temps de suspense, involontaire. Les mots étaient durs à prononcer.

— Le cas échéant ?

— Peut-être qu'il a eu envie de vous faire l'amour par procuration.

Elle n'a pas détourné son regard. Elle a souligné, très neutre :

— Avec son parfum.

Elle a poussé un profond soupir, avant de me demander sur un ton de simple curiosité, comme si je n'étais que leur confident :

— Et il pense que je vais accepter ?

J'ai préféré ne pas m'engager pour lui. En écartant les mains avec un mouvement des sourcils, j'ai laissé entendre à Pauline que je me tenais à sa disposition, sans engagement de sa part. J'étais un cadeau qu'on pouvait très bien décider de ne pas déballer : je ne m'en formaliserais pas. J'ignore si tout cela était bien clair dans ma mimique, mais elle a paru rassurée par ma réaction. Elle a rentré son chemisier dans sa jupe, supprimant la vue sur le soutien-gorge.

— Et entre vous, sinon, comment ça s'est passé ? Qu'est-ce qu'il vous a dit de votre livre ?

Un peu pris de court, j'ai rapporté deux ou trois de ses compliments. J'ai dit qu'il s'était identifié.

— À quoi ? À la façon dont vous poussez la femme qui vous aime à vous trahir ?

Il y avait beaucoup d'amertume dans sa voix, à nouveau. Ce n'était pas très malin de ma part de m'être laissé entraîner sur ce terrain. J'ai rectifié :

— Pas moi... Mon personnage. J'écris « je », mais je...

— Ça ne change rien. Il s'est identifié à un loser volontaire. À un ver de terre qui se suicide.

J'ai nuancé d'une moue son analyse littéraire. Il y avait de l'espoir, aussi, dans mon livre. Enfin, de la rédemption. Mais la réalité jouait contre moi. L'odeur de son homme qui s'échappait de mes pores au moindre mouvement rendait l'abstraction difficile.

— Comment vous l'avez senti, sur le plan moral ?

Mains jointes sur son genou, elle triturait ses doigts.

— Bien. Lucide, mais confiant.

— Confiant dans quoi ?

J'ai improvisé :

— Dans la justice. Il m'a parlé du piège qu'on lui a tendu. Le dealer tué avec son arme, l'alibi qu'il refuse de donner, les liens de Sonnaz avec la mafia des casinos...

Alors son visage s'est transfiguré. Un bonheur incrédule a fait trembler le coin de ses lèvres. Elle a refermé les doigts sur mes poignets, dans un élan de gamine qui a déplacé la fente de sa jupe vers l'intérieur des cuisses.

— Il vous a tout raconté ? C'est génial ! Et vous avez dit oui !

Je n'ai pas eu le temps de demander à quoi. Déjà elle enchaînait :

— Ça sera un livre géant ! Vous allez faire éclater la vérité, déclencher le scandale, tout le monde prendra sa défense et il sera innocenté !

Elle a tourné la tête vers la cuisine où Mme Voisin venait d'allumer la télé. Elle s'est rapprochée de moi sur la table, a continué dans le creux de mon oreille :

— Moi, il n'a jamais rien voulu me dire, il me protégeait. Mais je sais dans quel merdier il s'est fourré à cause de Sonnaz. En même temps, Sonnaz ne le laissera pas tomber, sauf qu'il est coincé, j'ai bien compris – évidemment, la solution, c'est vous ! Oh ! qu'est-ce que je suis heureuse... Vous allez voir : Maxime, c'est le sujet de votre vie !

Son enthousiasme était tel que je n'ai pas réagi. Son sein gauche touchait mon bras et tout le reste, pour l'instant, devenait accessoire. Dans un mouvement d'abandon qui m'a pétrifié, elle a posé sa tête sur mon épaule.

— Je ne pouvais plus rien pour lui, Quincy, en tant que femme. Ce qu'il lui fallait, c'est un ami. Je ne sais pas comment vous remercier... Enfin, si, on le sait. On verra.

J'étais complètement désarçonné. La perspective qu'elle venait d'ouvrir entre nous deux pour la refermer aussitôt, par une simple rupture de ton changeant l'élan de gratitude en sacrifice, me laissait sans voix. Elle s'est redressée brusquement, a sauté sur ses pieds.

— Allez, au boulot !

Elle m'a glissé mon stylo entre les doigts.

— Signez les prévendus, ça vous avancera. Celui-ci, c'est pour Raymond, le compagnon de Mme Voisin. Ils font livre à part.

J'ai dévissé le capuchon, laissé tomber le stylo, épongé la flaque d'encre. Les mains dans le dos, elle contemplait d'un air à la fois coquin et embarrassé l'état dans lequel elle m'avait mis.

— Je suis désolée si je vous ai choqué, ce n'était pas du tout pour vous proposer un plan cul...

— Non, non, ai-je répondu à contretemps.

— ... mais je suis très émue que vous le preniez comme ça. J'ai un grand principe, dans la vie : l'amour, ça sert à fabriquer de l'amitié. Sinon on se plaît, on couche, on se lasse, on se quitte pour aller voir ailleurs, et on s'oublie. Quel intérêt ?

Elle me prenait à témoin. J'ai opiné avec la même conviction : aucun. Elle a renchéri :

— Tandis que faire l'amour avec un véritable ami, c'est génial.

J'ai confirmé d'un air connaisseur, comme si je passais mon temps à rendre indissociables le devoir d'amitié et le plaisir amoureux.

— Enfin, qu'est-ce qu'ils font ? a pesté Mme Voisin en déboulant. J'ai appelé France 3, ça ne répond pas, ils devraient être là depuis longtemps, ils vont louper leur direct !

Elle est allée coller son nez à la porte vitrée.

— Voilà pour Raymond, ai-je dit à Pauline d'une voix chaude.

Elle a lu la dédicace. Elle a chuchoté :

— C'est un peu impersonnel. Ajoutez-lui quelque chose sur le bibliobus. Une allusion sympa à la Lada Niva. C'est lui qui a fait l'agencement intérieur, les rayonnages et tout : il en est très fier. C'est un vrai autodidacte, comme Maxime.

Elle avait prononcé le prénom d'une façon presque anodine. L'absence semblait moins lourde, depuis qu'elle voyait en moi le futur porte-plume de son chéri.

— Mais qu'est-ce qu'ils font ? a répété Mme Voisin d'une tout autre voix.

Nous nous sommes tournés d'un même mouvement, sous son ton effaré. Nimbée d'un clignotement jaune, elle était plaquée à la porte vitrée. Devant la librairie, un chasse-neige manœuvrait avec son gyrophare. Elle s'est ruée sur le parking, sans prendre le temps d'enfiler sa doudoune.

Pauline a regardé l'heure, angoissée. Puis elle a couru dans la cuisine. Après un instant d'hésitation, j'ai rejoint la vieille dame qui s'était précipitée en direction du chasse-neige, essayant de le faire déguerpir avec les grands gestes énervés qu'on emploie pour éloigner un moustique. Indifférent derrière la vitre de sa cabine, le barbu en canadienne continuait à repousser la neige de la chaussée pour former un mur à l'entrée du parking. J'ai retenu ma libraire qui escaladait la congère en l'injuriant. Une brusque avancée de l'engin nous a fait basculer en arrière. On a roulé au bas de la pente. Le temps qu'on se relève, le chasse-neige, dans le son strident de son avertisseur de recul, avait regagné l'avenue et s'était mis à dégager une autre portion de chaussée.

On a brossé la neige de nos vêtements en vérifiant mutuellement qu'on ne s'était pas fait mal.

— Ils vont m'entendre, les sagouins ! fulminait Mme Voisin. Quand je pense aux étrennes que je leur donne !

— Venez, vite ! a crié Pauline depuis le seuil.

On l'a suivie jusqu'à la cuisine. Sur l'écran de télé, une face de vieux golfeur à brushing immaculé, écharpe écossaise et cachemire noir, parlait dans le micro qu'on lui tendait par la portière de sa voiture.

— ... et je prends acte que les services de déneigement de Saint-Pierre, en l'absence de tout préavis de grève, m'empêchent, comme vous le voyez, d'accéder à la librairie Voisin pour présider une manifestation culturelle, dont je dénonce avec la plus vive indignation le sabotage délibéré !

— C'était donc, recueillie en direct grâce à nos équipes, s'empresse le présentateur surpris par la fin brutale du reportage, la réaction à chaud de Robert Sonnaz, président du Conseil général, qui vient d'accuser les « services de déneigement », je cite, de s'opposer à la remise d'un prix littéraire, dont le jury serait, selon certaines sources, dirigé par un de ses proches, actuellement en détention préventive. Météo, à présent...

— Le maire est socialiste, m'a expliqué Pauline d'un air effondré.

— Les chasse-neige dépendent du Conseil général, pas de la mairie ! a répliqué la libraire. Je suis scandalisée ! C'est comme ça qu'il affiche son soutien à Maxime ? En se faisant passer pour une victime ?

Elle a éteint son vieux téléviseur avec une rage qui a fait trembler tout l'habillage en bois.

— Ça vous fera un chapitre, m'a glissé doucement Pauline sur un ton de consolation.

Mme Voisin s'est retournée vers moi, m'a cogné l'épaule comme un entraîneur remonte l'énergie d'un boxeur sonné.

— On s'en fout, des politicards et des journalistes ! Il nous reste les lecteurs : ils profiteront du buffet. Allez, venez, on va pelleter !

*

Quarante minutes plus tard, l'accès à la librairie était de nouveau possible. Personne n'est venu.

Tandis qu'on se réchauffait autour du convecteur, Mme Voisin a voulu relancer les gens par téléphone, mais il n'y avait plus de tonalité : le poids de la neige avait rompu les câbles. Au fil des heures d'attente, on a mangé les Cracottes, les crudités, la pièce montée. On a vidé une bouteille de vermouth. Puis on a commencé à ranger. Maintenant que mon prestige médiatique n'était plus un obstacle à ma bonne volonté, j'ai eu le droit de faire la vaisselle.

— Je suis tellement confuse pour vous, ressassait Mme Voisin en me passant les plats que je rinçais avant de les tendre au torchon de Pauline. C'est la pire humiliation de ma vie.

Je répondais que j'avais fait de jolies rencontres : je ne serais pas venu pour rien. Et ce n'était pas une formule de politesse. Mais je ne voyais pas très bien comment la suite des événements allait s'enclencher.

Tandis que les congères se reformaient à l'extérieur, la librairie avait repris son allure habituelle. Pauline s'était isolée pour travailler sur un ouvrage de programmation informatique en anglais. Malgré de discrètes rotations autour d'elle, je n'étais pas arrivé à lui faire relever la tête. J'avais signé mes exemplaires prévendus ; son rôle d'hôtesse avait pris fin. Dorénavant, pour elle, je n'étais plus que l'auteur de Maxime.

J'ai posé le front contre la porte vitrée. La nuit tombait déjà sous les flocons, les lampadaires orangés s'allumaient par à-coups, il n'y avait plus aucune circulation sur l'avenue. Je suis allé rejoindre Mme Voisin qui regardait une enquête du commissaire Maigret.

— J'espère que vous ne conserverez pas un trop mauvais souvenir de nous, m'a-t-elle dit quand s'est achevé le générique de fin.

Au moment où j'allais reprendre le chemin de la gare, son compagnon est arrivé. Pour compléter sa retraite de cheminot, il était perchiste en hiver. Il avait mis deux heures pour redescendre de la station. Je lui ai donné son livre. Il m'a remercié de la gentille dédicace et m'a dit que la neige avait rompu des caténaires au niveau d'Ambérieu : les trains ne roulaient plus.

— Je vous prends une chambre, a décidé Mme Voisin. Vous aussi, Pauline, vous n'allez pas rentrer à Grenoble en stop.

— Bonne nouvelle : le téléphone remarche ! s'est réjoui Raymond qui lui tendait le combiné.

Après dix minutes d'appels infructueux, il a fallu se rendre à l'évidence : du fait des trains immobilisés et des routes impraticables, tous les hôtels étaient complets à vingt kilomètres à la ronde.

— J'ai un lit de camp, m'a rassuré Mme Voisin.

Se tournant vers Pauline, elle a lancé dans la foulée :

— Et un matelas pneumatique.

Le regard incertain que m'a lancé Pauline m'a serré le ventre. J'ai fait bonne figure à l'intention de nos hôtes, en affichant une abnégation résignée.

Le Westin est un palace dissimulé sous les arcades de la rue de Castiglione, entre le jardin des Tuileries et la colonne Vendôme.

— Il n'y a personne dans la chambre, me dit le réceptionniste en raccrochant. Vous désirez laisser un message, monsieur ?

Je réponds que je vais attendre au bar. Il m'indique le chemin. Je parcours la galerie vitrée longeant le patio où alternent, autour d'une fontaine à angelot, marmailles américaines et femmes voilées attablées devant des petits déjeuners pharaoniques.

Je m'arrête devant la plaque en laiton *Bar Tuileries*. Appuyé d'une épaule au chambranle, j'observe les fauteuils de cuir rouge disposés en demi-cercle et les canapés vides. Ai-je vraiment envie, ai-je vraiment besoin de soumettre mes souvenirs à l'épreuve du présent ? Il est encore temps de tourner les talons, de revenir en arrière.

J'ignore ce que j'espère, mais je sais ce dont j'ai peur. Revoir Pauline après toutes ces années, dresser le bilan de nos rêves, de nos choix, de nos drames,

75

c'est au-dessus de mes forces, tout à coup. Je n'y peux rien. Quelle que soit l'originalité de mon destin, je suis comme tout le monde, face au retour impromptu du passé. Ce ne sont pas les regards d'autrefois qu'on redoute, c'est le reflet qu'ils nous renvoient aujourd'hui. Qui peut se croire à la hauteur des espoirs qu'on a jadis placés en lui ? On se dit : malgré les apparences, je suis resté le même. Et alors ? Il n'est pas nécessaire de changer pour se trahir.

L'air climatisé me glace, au cœur de la fournaise de ce mois de septembre qui écrase Paris dès l'aube. Je ferme les yeux pour retourner au chaud dans l'hiver, à l'intérieur de cette vieille librairie où, vingt ans plus tôt, coupé du monde par la neige au fond d'une vallée sinistre, j'ai cru au bonheur. Pour la première fois de ma vie.

Mme Voisin occupait avec son compagnon une chambre exiguë derrière la cuisine. Il y avait bien un appartement à l'étage, mais, au décès de son époux, il était revenu à leur fils qui habitait Lyon et le gardait fermé à clé, depuis qu'elle vivait en concubinage.

— C'est encore dans la librairie que vous serez le mieux, nous a-t-elle assuré.

Entre les rayons jeunesse et voyage, elle nous a monté une cloison d'encyclopédies pour ménager notre intimité. Tandis que Pauline gonflait un matelas promotionnel *LIRE À LA PLAGE*, j'ai aidé Raymond à extirper de la cave un vieux lit de camp, deux sacs de couchage, un second radiateur électrique, et une paire de lampes de chevet Astérix à l'abat-jour en casque ailé de Gaulois.

Ils nous ont laissé à tour de rôle leur salle de bains années 50, où le faible débit du cumulus entartré était compensé, de manière assez angoissante, par la chaleur sans merci qui rayonnait d'un cône en inox infrarouge accroché au-dessus de la baignoire sur pieds brinquebalante. Ils nous ont donné des brosses à dents neuves, prêté des pyjamas. Deux modèles analogues, dans des tailles différentes. Trop petit pour Pauline, trop large pour moi. Dans nos rayures jumelles, nous ressemblions à Nicolas et Pimprenelle, les enfants du dessin animé *Bonne nuit les petits*.

— Encore désolée, m'a dit Jeanne Voisin. Si vous avez besoin de quoi que ce soit, je laisse les portes ouvertes.

À bon entendeur... Elle m'a donné une *Vie du Christ dans les chefs-d'œuvre de la peinture*, dédicacée par la veuve de l'académicien Daniel-Rops le 17 juin 1966, pour l'ouverture de la librairie. Pauline, elle, a reçu un ouvrage en anglais sur le déclenchement de la Troisième Guerre mondiale par les ordinateurs. Nous étions parés pour la nuit.

Ils sont allés se coucher. J'ai ouvert Daniel-Rops, j'ai lu trois pages et j'ai éteint ma lampe. Dix secondes plus tard, la nuit s'est faite de l'autre côté du mur de livres.

— Bonne nuit, Quincy.
— Bonne nuit, Pauline.

Elle avait parlé trop fort, j'avais répondu sur le même ton. Histoire de souligner la distance géographique entre nous, de donner le change à Mme Voisin qui n'était pas dupe un seul instant de ce qui allait se passer. Le tout était de sauvegarder les apparences pour qu'elle puisse, au matin, feindre l'ignorance avec crédibilité et demeurer ainsi loyale envers Maxime.

Le lampadaire du parking éclairait vaguement le rayon jeunesse. Tandis que mes yeux s'habituaient à la pénombre, mes oreilles guettaient le moindre bruit de l'autre côté de la cloison d'*Encyclopædia Universalis*. Tout ce que je percevais, c'est un léger sifflement régulier qui s'est interrompu d'un coup. Le matelas pneumatique devait être crevé, et Pauline venait de se lever. Sa silhouette s'est glissée entre les piles d'ouvrages, s'est approchée de moi. Elle était nue.

Je me suis redressé, elle m'a retenu en posant les mains sur mes épaules, et elle s'est allongée sur moi. Le lit de camp a émis un couinement de protestation au niveau des articulations. Je l'ai saisie par la taille, doucement, j'ai embrassé ses seins qui effleuraient mon visage. Ses doigts ont déboutonné mon pyjama avec une fébrilité précise. Elle s'est dérobée soudain à ma bouche, a reculé le buste. Elle a chuchoté :

— Non, Quincy. Je ne peux pas lui faire ça. Et à vous non plus.

Personnellement, je n'avais rien contre, mais je me suis abstenu d'exposer mes arguments. Elle est repartie. Déjà, je me raisonnais, conciliant, résigné à passer mon excitation par pertes et profits. Mais elle est revenue, une trousse à la main. Elle a rallumé ma lampe de chevet. J'ai cligné des yeux, détaillé lentement son corps. La finesse, les rondeurs, les quelques imperfections qui humanisaient sa beauté de magazine. Elle m'a demandé de fermer les paupières. Je me suis dit qu'elle avait besoin de me regarder pour éviter la surimpression de Maxime, mais qu'elle ne voulait pas se voir dans les yeux d'un autre homme. Ce n'était pas tout à fait ça. J'ai senti un nuage humide.

— Vous pouvez rouvrir.

J'ai soulevé prudemment les paupières. Elle tenait un petit atomiseur qu'elle avait sorti de sa trousse à maquillage. Elle m'avait vaporisé du géranium pour neutraliser le vétiver. Pour que nous ne sentions plus que son parfum à elle.

J'ai allongé le bras, pris dans ma poche un des préservatifs dont je n'avais même pas vérifié la date de péremption. J'ai demandé :

— J'éteins ?

— Comme tu veux.

J'ai laissé allumé, et on s'est aimés comme si on était seuls. Du moins, elle a essayé. Cambrée sur moi, le souffle court et les paupières closes, elle s'est caressée sur mon sexe jusqu'à m'entraîner dans son plaisir – un plaisir dont je paraissais être l'instrument bien plus que la cause. Mais dont je fus, dans l'écho du cri mutuel étouffé au creux de nos mains, le bénéficiaire ébloui.

— Pardon, a-t-elle murmuré en retombant sur mon torse.

Je lui ai dit merci. Elle a répondu pas de quoi. Et on s'est tus, imbriqués l'un dans l'autre, immobiles, reprenant notre respiration dans le cliquetis des convecteurs électriques.

— Je n'ai pas fait l'amour depuis un an qu'il est en prison.

C'était dit sur le ton de la constatation, sans regrets ni excuses. J'ai renchéri dans le même registre, un peu plus dérisoire :

— Moi, je n'avais même pas de raison valable.

Autant passer sous silence mes galipettes épisodiques avec Samira, ma collègue de travail qui m'aidait parfois à tester la résistance des moquettes que nous venions de poser. Adapté au passage intensif et décollable à volonté, je lui servais de surface de jeu entre deux petits copains.

— Un an, a redit Pauline d'une voix atone.
— C'est juste de la préventive...

J'ai ressenti, en même temps qu'elle, combien cette circonstance atténuante alourdissait l'avenir.

— Je ne peux pas vivre sans lui.
— Je comprends.

Par délicatesse, je me suis retiré d'elle. Sur le même ton, elle a murmuré :

— C'est ce que je me dis depuis un an. Je sais bien que c'est faux. Mais c'est une preuve d'amour. Une raison de vivre. J'ai tellement besoin de lui donner des preuves. Pour l'empêcher de sombrer.

J'ai senti ma gorge se nouer. J'ai demandé avec difficulté :

— Moi aussi... je suis une preuve ?
— Oui. Il a voulu que je te prenne pour amant, je t'ai pris. C'est pour ça que je te disais pardon. Et puis aussi parce que... ce n'est pas à toi que j'ai fait l'amour. Ni à lui. Juste à moi. Tu m'en veux ?
— Non, bien sûr...

J'aurais aimé que ma voix sonne plus juste. Je n'avais jamais connu cette puissance de bonheur au moment de jouir avec une femme. Cette impression de m'échapper de mon corps en même temps qu'elle, pour fusionner au plafond avec tout ce qu'il y avait de beau et de bon dans l'univers. Une plénitude qui survivait à l'orgasme, en lieu et place de cet à-quoi-bon fataliste qui, associé chez moi aux séquelles du plaisir, m'aidait à mieux supporter les périodes d'abstinence forcée. Là, je n'avais ressenti qu'harmonie, jubilation persistante et désir immédiat de recommencer. D'où un certain dépit, après coup, en me rendant compte qu'une telle sensation d'osmose n'était qu'unilatérale.

— C'est important, les odeurs, a-t-elle repris au bout d'un moment, sans lien apparent.

Je l'ai laissée développer. Mieux valait flotter dans les généralités, finalement, que perdre pied en commentant de travers ce qui venait de se passer entre nous.

— C'est tellement révélateur. *Vétiver* de Carven, c'est l'armure, l'écran total qui fait le vide autour de soi. Mon géranium, lui, c'est la paix intérieure. La paix introuvable. Le parfum du rêve impossible.

— Comment il s'appelle ?

— *Pauline* de Sorgues. Mon grand-père était parfumeur à Grasse. Il me l'a composé quand j'avais huit ans, j'ai toujours la formule. C'est lui qui m'a élevée. L'Aide sociale à l'enfance m'avait enlevée à ma mère qui se shootait à mort, c'était compliqué, j'allais de foyer en foyer, je ne supportais personne. Il a obtenu ma garde. Il m'a donné un début de vie merveilleux, qui a effacé tout le reste. Je sortais de son enterrement quand j'ai rencontré Maxime.

Elle a retiré lentement les baguettes de ses cheveux, a continué à chuchoter dans le vide, menton au creux de mon épaule, tandis que ses mèches retombaient sur mes yeux.

— Il lavait la voiture du président Sonnaz sur le port d'Antibes, pendant qu'il assistait à un congrès du RPR. J'étais complètement cassée. J'étais encore mineure, en plus ; ça voulait dire retour dans les foyers. Il m'a prise sous son aile. Le coup de foudre. L'évidence. J'avais eu plein d'amants, très tôt, mais là c'était encore mieux que l'amour. Un ami pour la vie... L'amitié-passion.

Elle a poussé un long soupir qui a écrasé mes côtes.

— Sonnaz nous a aidés, auprès des services sociaux. Il n'a pas que des mauvais côtés... Mon virus de l'informatique, au départ, c'est lui. En 91, il avait l'un des tout premiers PowerBook en France. Mais j'aurais tellement voulu que Maxime échappe à son influence. J'aurais tellement aimé le rendre adulte, le rendre prudent... Il n'en serait pas là, aujourd'hui. En même temps, je l'aime comme il est. On ne change pas les gens, à part leur parfum. Je l'ai fait passer d'*Eau sauvage* à *Vétiver*, c'est tout. De la rage de vivre à l'isolation boisée.

— Et moi, avant lui, je sentais quoi ?

Elle s'est relevée sur un coude.

— L'échec. Pardon d'être sincère. *Mont-St-Michel ambrée authentique,* ça ne respire pas la séduction, l'ego, la réussite sociale. Juste la douceur de s'enfermer dans une odeur d'enfance, une sieste au grenier.

Elle s'est recouchée sur moi. J'ignore si c'est sa perspicacité ou la tendresse de sa voix qui a mouillé mes yeux. Je me lamentais beaucoup sur moi-même, depuis toujours, mais jamais une femme ne m'avait fait pleurer. J'ai demandé du bout des lèvres :

— J'ai le droit d'être amoureux de toi ?

La réponse a jailli, spontanée, presque joyeuse :

— Oui, bien sûr. Mais à travers Maxime. Quand il sera ton personnage, quand tu le feras parler, vibrer, exprimer ce qu'il éprouve pour moi... Tu as assez de documentation, là, il me semble. Assez pour être fidèle.

J'ai laissé le silence amplifier le mot. Mon avenir était en train de s'infléchir, peut-être, mais je ne voyais pas plus loin que le contact de sa peau. Rester la vie entière sur un lit de camp précaire, enlacés à jamais sur soixante centimètres de large... Sa voix a vibré de nouveau dans mon torse :

— Vous allez vous écrire, fatalement, parler de moi. Ce que je voudrais éviter, c'est le conflit de périphériques.

— Le quoi ?

— C'est ce qui arrive quand on branche deux accessoires qui ont le même canal d'accès à la mémoire. Un bug.

Je n'ai pas fait de commentaire. Le premier périphérique s'était débranché de lui-même.

— Pauline... ça va être quoi, ta vie, maintenant ?

Elle a répondu aussitôt :

— Tim Berners-Lee, un ancien d'Oxford, vient d'inventer le World Wide Web. Les adresses Internet avec les hyperliens. Bientôt, chacun sera relié à tout le monde, d'un bout à l'autre de la planète. Une vraie toile qu'il faut apprendre à tisser, protéger, réparer... C'est ça, ma vie. La toile.

Je lui ai rendu son regard, déstabilisé. Parfois, c'était juste une provinciale de vingt ans qui vendait des parfums en grande surface, aimait un taulard, usait de son charme pour jouer avec les nerfs d'un romancier de passage. À d'autres moments, elle devenait une espèce d'initiée inaccessible, une mutante sans âge, une composante secrète de ce qu'elle était l'une des premières à nommer *la toile*, et je me sentais comme un moucheron englué dans les fils d'une araignée délicieuse. Un moucheron qu'elle digérait vivant, paralysé par la substance euphorisante qu'elle lui injectait – des sucs gastriques, en fait.

— Tu penses que tu auras terminé quand ?

J'ai demandé de quoi elle parlait.

— Du livre sur Maxime.

Je me sentais trop bien dans ses bras pour lui mentir. J'ai pris des gants. J'ai dit que je devais d'abord achever mon roman actuel, une histoire sur la guerre de 14 en Lorraine. Je ne pouvais pas me disperser.

— Bien sûr, a-t-elle ponctué sur un ton soudain lugubre. Et moi, je vais partir pour Oxford. On le laisse tomber, quoi.

J'ai refoulé le mélange d'espoir et de culpabilité que sa dernière phrase avait fait naître.

— Bon, a-t-elle soupiré en se détachant de moi, je vais regagner mon matelas.

— Il est crevé.

— J'ai repéré le trou, je vais coller une rustine. Faites de beaux rêves, monsieur l'écrivain.

Je l'ai retenue. J'ai demandé, légèrement pitoyable :

— Je n'ai rien cassé entre vous deux, j'espère ?

— S'il y avait eu le moindre risque, je ne serais pas venue, a-t-elle répliqué un peu sèchement.

Elle s'est radoucie aussitôt. Je me souviens du sourire nostalgique et tendre qu'elle a eu en ramassant ma veste au pied du lit de camp.

— J'ai le droit de récupérer ma culotte ?

Elle a plongé sa main dans la poche droite, replié la veste. Je l'ai regardée s'éloigner, sa longue silhouette striée par l'éclairage urbain à travers le store de la vitrine. Au rayon papeterie, elle a pris un rouleau adhésif, des ciseaux. Puis elle est retournée derrière son mur de livres. J'ai entendu le bruit du gonfleur. J'ai hésité à la rejoindre. Et puis j'ai choisi de me faire désirer. Et puis je me suis endormi.

On me secoue. Je me redresse d'un bond sur le lit de camp. La librairie est inondée de lumière. Pauline a disparu. Plus de trace de la cloison d'encyclopédies ni de son matelas pneumatique.

— Il est dix heures cinq, a souligné Mme Voisin d'un ton réprobateur. Je vous ai laissé dormir tant que j'ai pu, mais c'est le jour du représentant de Pocket.

— Marcel Angiot, s'est présenté un vieux roux à blouson vert molletonné, catalogue sous le bras.

— C'est Quincy Farriol, a précisé la libraire. *L'Énergie du ver de terre.*

Je me suis tortillé pour m'extraire de mon sac de couchage, avec la conscience d'être parfaitement autobiographique.

— Vous allez le prendre en poche, j'espère.

Le rouquin vert n'a pas modifié la moue perplexe qui amollissait le bas de son visage.

— C'est pas moi qui décide, s'est-il défilé en me regardant flotter dans le pyjama rayé. Faut voir les ventes.

— Quarante-sept, rien que chez moi. Faites les projections France : avec les retombées de son prix, vous tenez le succès de l'hiver prochain. Dépêchez-vous de le signer avant que Le Livre de Poche ou Points-Roman ne vous le soufflent. Il est déjà en train de finir le prochain.

— Moi, en tout cas, je l'ai lu en une nuit, a renchéri son compagnon qui repliait mon lit de camp. Je peux vous dire qu'on attend la suite.

Sac de couchage sous le bras, l'ancien cheminot s'est éclipsé vers la cave après m'avoir informé que mon petit déjeuner était prêt.

— Vous l'avez en résidence ? a ironisé le représentant.

Jeanne Voisin lui a jeté un regard torve, et lui a rappelé que Raymond était membre du jury des auditeurs au Prix du Livre Inter : il avait un goût infaillible.

— Tiens, à propos, m'a-t-elle dit en faisant mine de découvrir l'enveloppe au bout de son bras gauche, Pauline vous a laissé une lettre.

Elle me l'a donnée. Elle attendait que je l'ouvre. Face à mon immobilité appuyée, elle a tourné les talons avec une certaine crispation. Le représentant l'a suivie jusqu'à son comptoir pour lui présenter les parutions à venir. Le cœur battant, j'ai décacheté l'enveloppe.

Bonjour, Quincy.
On n'aurait jamais dû, mais je crois qu'on a bien fait. Et puis on n'avait pas le choix, par rapport à lui. Simplement, promettez-moi de ne pas chercher à me revoir, de ne pas m'écrire. J'ai tant de peine à me détacher de l'homme que j'aime, ce n'est pas pour m'attacher à un inconnu de passage.

Pardon si je suis brutale. J'ai toujours du mal à exprimer mes sentiments, à les comprendre. Il n'y a qu'en informatique que j'arrive à trouver les bonnes connexions.

Je vous regarde dormir dans un rayon de soleil, en chien de fusil. J'espère que vous aurez encore envie d'écrire sur Maxime, une fois revenu dans le tourbillon parisien. Ça me fait du bien d'y croire. J'ai eu raison d'enterrer avec vous ma vie d'amoureuse, ici, dans cette librairie magique où mon destin a basculé grâce à Jeanne Voisin. Sans elle, sans le rayon de littérature anglaise qu'elle a constitué pour moi, je n'aurais jamais atteint le niveau requis par Oxford.

Je vais devenir une championne de la toile, Quincy. Une tueuse. L'université où je viens de m'inscrire est au centre de la planète Web, et ma place est là-bas. C'est pour ça que Maxime a rompu. Il ne voulait pas que je reste à cause de lui, que je gâche ma chance par amour, par obligation, par pitié – il dit que ça revient au même, tout ça. Il ne croit qu'en l'amitié. Comme moi.

Soyez son ami, en mémoire de l'amour que nous avons fait pour lui. Vous voulez bien ? Je vous le confie. Même si vous n'attaquez pas tout de suite son livre, essayez d'entretenir une correspondance. Racontez-lui notre nuit. Dites-lui combien j'ai apprécié son cadeau. Combien je me sens libre, ce matin, grâce à vous deux.

Merci d'avoir traversé ma vie, monsieur l'écrivain. Merci d'avoir existé pour moi pendant quelques heures. Vous êtes un homme beaucoup plus séduisant que l'image que vous cultivez dans votre livre et dans votre tête. Je suis sûre que vous allez trouver très vite une femme qui vous aimera pour vous-même. Arrêtez Mont-St-Michel, *d'accord ? Je vous conseille* Habit Rouge *de Guerlain. Nostalgie dominée, harmonie de sous-bois, profondeur accueillante. Elles aimeront.*

Bien à vous (mais ce n'est qu'une formule).

Pauline

— Les toasts vont être froids ! m'a lancé Raymond depuis la cuisine.

J'ai replié la lettre dans ma poche de pyjama et je suis allé m'attabler face à lui, devant l'assortiment de confitures maison qui entourait mon bol de café plein à ras bord.

— Je vous tiens compagnie, s'est-il excusé en manœuvrant son pilulier garni de cachets multicolores. Quand c'est pas le cœur, c'est le foie qui s'y met.

D'un air compatissant, j'ai englouti une tartine absolument succulente – pain brûlé, beurre rance et marmelade moisie, mais j'étais sur un petit nuage. Même le jus de chaussette de la cafetière en fer me paraissait délectable, ce matin, mêlé au souvenir de Pauline se caressant sur moi. Sa lettre était un pur bonheur. Je ne savais pas pourquoi. Elle ne m'ouvrait aucune perspective, ne me laissait rien espérer et ne me demandait pas grand-chose, si ce n'est de changer d'eau de Cologne et d'envoyer des cartes postales à un détenu. Mais j'étais fou d'elle, fou de désir et d'*amitié* – oui, elle avait raison, c'était tellement plus riche, plus excitant, plus rassurant que l'amour possessif qui rend idiot, malheureux ou toxique – du moins en ce qui me concerne. Mes deux grandes passions impossibles, jusqu'alors, ma prof de littérature comparée à la fac et la secrétaire du garage Renault de Thionville, m'avaient carbonisé. Pour la première fois depuis mon adolescence, peut-être, j'étais en paix avec moi-même. Je regardais l'avenir avec une certaine confiance. J'avais servi de *sextoy* à une femme sublime qui m'avait demandé pardon, et qui m'incitait à en séduire d'autres au moyen d'un parfum plus approprié, en attendant le jour où, nantie de son diplôme d'Oxford et moi du prix Goncourt, qui sait ? nous pourrions renouer le fil d'une amitié sexuelle dont elle m'avait offert la bande-annonce. Quant à Maxime, je le voyais bien mourir en prison. Je retrouverais Pauline à ses obsèques, et nous unirions nos forces pour venger sa mémoire en obtenant sa réhabilitation à titre posthume. La vie devenait aimable.

— C'est vraiment des enfoirés, a dit le retraité de la SNCF en faisant glisser vers moi *L'Écho des Alpes*.

La bouche pleine, j'ai parcouru le compte rendu de ma venue à Saint-Pierre. *Le Prix littéraire de la maison d'arrêt : un fiasco programmé.* En vrac étaient incriminés le choix regrettable d'une « fausse valeur parisienne » ayant évincé de la sélection de grands auteurs régionaux, le mouvement social d'un syndicat pénitentiaire empêchant les détenus d'« accéder à la culture », la défaillance des services de déneigement ayant dissuadé les lecteurs « innocents » de se rendre à la librairie Voisin, et surtout l'éternelle polémique visant le patron du Conseil général, dont le « protégé », accusé d'un meurtre lié à la drogue, présidait le jury qui avait cru bon de couronner ce « roman improbable », dont l'éditeur avait jadis publié un ouvrage sur Charles de Gaulle préfacé par un certain... Robert Sonnaz ! « Tout se recoupe et tout s'explique », concluait le journaliste en renvoyant dos à dos les « fossoyeurs de la littérature et de la moralité publique ».

— Je suis désolé, ai-je dit à Raymond en lui rendant son journal que j'avais taché de confiture.

En temps normal, ce genre d'article m'aurait broyé l'estomac et rendu insomniaque pendant huit jours. Là, je m'en foutais royalement. Merci, Pauline Sorgues.

— Il a tenu à vous accompagner au train en personne, à titre d'excuses, m'a annoncé Raymond sur un ton solennel.

— Le journaliste ? me suis-je étonné.

— Non, le Président. Sans vous commander, c'est le 10 h 43. Il vous reste cinq minutes, si vous voulez prendre une douche.

J'ai repoussé ma chaise. Il m'a retenu. Ses yeux brillaient, son sourire tremblotait.

— Vous savez, ma Jeanne, elle n'est pas toujours commode, mais c'est une vraie magicienne. Une fée. Elle sent les promesses qu'il y a dans les gens. Pauline et Maxime, c'est les enfants qu'elle aurait dû avoir, au lieu de ce petit merdeux qui, bon... Alors elle est tellement heureuse qu'ils vous aient adopté. Et puis je vais vous dire, sans vouloir me mettre en avant : tout ce qu'elle a fait pour moi, monsieur Farriol, elle peut le faire pour vous. Elle est comme ça : elle transforme les citrouilles en princes charmants. Vous aurez un grand destin.

Je l'ai remercié et j'ai couru me geler sous la douche, dont ils avaient généreusement vidé le cumulus pendant que je dormais.

— Raymond, emballe-lui son cadeau !

*

Cinq minutes plus tard, dans mes habits de la veille, tenant entre les jambes mon portrait funèbre sous plastique transparent, je faisais le pied de grue devant la vitrine entre la magicienne des citrouilles et son vieux prince charmant. Un soleil radieux baignait le parking impeccablement déneigé, les montagnes aveuglantes se découpaient sur un ciel sans nuage, et j'avais presque chaud dans ma parka.

— Vous êtes sûr que je ne vais pas manquer le 10 h 43 ? me suis-je informé, l'œil sur ma montre.

— Si tel était le cas, il vous ferait raccompagner à Paris en voiture : c'est la moindre des choses, a répliqué Jeanne Voisin, bras croisés dans une posture de sinistrée attendant le dédommagement promis.

J'ai fait grise mine. Une tentation assez agréable me titillait depuis un quart d'heure. Je me voyais rater le train pour Bourg-en-Bresse et, signe du destin, changer de voie pour sauter dans un autre Corail en direction de Grenoble. Galeries Lafayette, rayon parfumerie, bonjour Pauline, auriez-vous *Habit Rouge* de Guerlain ? C'est tout ce que j'ai retenu de votre lettre, oui, désolé.

À 10 h 31, une longue auto vert bouteille à la calandre orgueilleuse s'est arrêtée devant nous.

— Daimler Sovereign Double Six modèle 1972, m'a glissé Raymond à l'oreille avec déférence.

J'avais reconnu. Seule la calandre en chrome cannelé permettait à un œil averti de la distinguer de la moins raffinée Jaguar XJ 12, qui partageait les mêmes moteur et carrosserie. Longtemps, à Thionville, j'avais tenté de restaurer la 4 CV de mon père, et j'étais resté abonné à *Autorétro*. J'ai demandé à Raymond s'il était passionné de voitures anciennes comme moi.

— Non, c'est juste le souvenir, a-t-il souri en prenant la main de sa Jeanne. Maxime nous a emmenés déjeuner au casino d'Aix-les-Bains, l'année dernière, pour nos cinq ans de compagnonnage.

Le chauffeur remplaçant a jailli de la limousine, s'est précipité pour m'ouvrir la porte arrière gauche, et la droite à ma libraire.

— Bon voyage ! a clamé Raymond en agitant la main.

La sellerie en cuir beige m'a absorbé dans une ambiance de bar anglais, boiseries vernies et verres de cristal. Assis jambes croisées au-dessus du tunnel de transmission, lunettes plantées dans sa crinière blanche et pipe vissée au coin de la bouche, Robert Sonnaz nous a salués d'un plissement de paupières cordial, sans cesser de vitupérer dans le téléphone coincé entre son visage léonin et son manteau de cachemire.

— Je vous dis que c'est inqualifiable, mon vieux ! Le droit de réponse, vous pouvez vous le carrer dans l'oigne : j'exige la mise à pied immédiate du signataire, une critique élogieuse et circonstanciée de l'ouvrage du lauréat, un portrait de Mme Voisin et trois nouveaux passages à titre gracieux du placard publicitaire. Sinon, vous savez à quelles conséquences fâcheuses vous exposeriez votre conseil de surveillance. Je ne vous salue pas, Chambert.

Le Président a tendu le combiné au chauffeur en plein virage, lui ordonnant de démêler le fil avant de raccrocher ; c'était insupportable de devoir toujours répéter les mêmes choses.

— Si vous saviez comme Maxime me manque, a-t-il soupiré sans transition en tapotant le coude de la libraire.

— J'ai moyennement apprécié votre allocution aux actualités régionales, a-t-elle crissé pour toute réponse.

— C'est arrangé, a tranché le politicien qui s'était tourné vers le tableau coincé entre mes genoux.

Il a comparé l'original et le modèle, puis m'a serré la main avec effusion.

— Bonjour, jeune homme, ravi et navré. La presse locale vous rendra justice dès demain, et, s'il le faut, j'alerterai nos amis du *Figaro*.

En guise de réponse, j'ai demandé combien consommait son V12. Il a paru charmé de cette compétence inattendue chez un Parigot sans le sou habillé Carrefour.

— Vingt-cinq litres en ville, s'est-il rengorgé. Mais je vous rassure : à l'instar du Général, je mets un point d'honneur à payer sur mes fonds personnels le carburant destiné à mes déplacements privés. Et quand mes adversaires me reprochent de ne pas acheter français, je leur rappelle qu'il fut un temps où la France libre, à Londres, roulait anglais tandis que les constructeurs français étaient à la botte de l'occupant allemand.

J'ai eu de très bons échos de votre conférence. Maxime était ravi.

J'ai sursauté.

— Vous vous êtes parlé ?

— Je sais les pressions qu'il subit, et j'apprécie profondément sa loyauté, il a dû vous le dire. Mais je ne suis pas de ceux qui restent les bras croisés. Un scotch ? Oui, je sais qu'il est tôt, mais vous dormirez dans le train. Moi, j'inaugure une crèche.

— Pas pour moi, merci, a précisé Mme Voisin. Je travaille.

Il a sorti une bouteille de Glenfiddich dissimulée dans l'habillage de ma portière, a rempli deux verres en cristal sur la tablette du dossier qui me faisait face.

— À la littérature ! a-t-il clamé, lyrique. Et à la justice.

Nous avons trinqué. Son téléphone de bord a sonné. Il s'est penché en avant pour décrocher. Il était question d'une future technopole, d'une bretelle d'accès que la société d'autoroute refusait de construire au prix souhaité. Sonnaz a mis ses lunettes, sorti une calculette et réglé le problème à son profit durant les trois minutes qui nous séparaient de la gare.

— J'investis beaucoup dans les microprocesseurs, m'a-t-il confié après avoir raccroché. C'est l'avenir. Ma technopole sera la Silicon Valley française. Il faut absolument empêcher l'exode des jeunes talents comme Pauline.

Tant de choses ont traversé son regard en deux syllabes que j'ai détourné les yeux pour finir mon scotch. Et j'ai failli m'étrangler lorsqu'il a ajouté :

— Elle m'a appelé tout à l'heure, elle m'a raconté votre projet de livre.

— Je vais changer le billet, a dit Mme Voisin en ouvrant sa portière.

J'allais l'imiter quand Sonnaz m'a retenu :

— Votre train a dix minutes de retard. De toute manière, il ne partira pas sans vous.

Derrière les lunettes en écaille brillait le regard ferme et serein de celui à qui l'on ne refuse rien.

— Allez prendre un panier-repas aux Ducs de Savoie, a-t-il glissé à son chauffeur, qui a coupé le contact et foncé chez le traiteur d'en face.

Dès que nous nous sommes retrouvés seuls, le Président s'est retourné d'une fesse et a posé le doigt sur mon genou, comme s'il pointait un lieu sur une carte.

— Alors, jeune homme, tout cela vous inspire ?

La fumée de sa pipe et le reflet du cristal dans ses demi-lunes teintées donnaient à son visage de tribun l'évanescence maléfique du *Portrait de Dorian Gray.*

— Je ne parle pas seulement de tout le contexte politicien, le côté Clochemerle qui intéresse toujours les gens. Maxime est un beau personnage, n'est-ce pas ? Et sa compagne est admirable. Une Pénélope moderne. Je n'oublierai jamais le jour où il l'a recueillie, à Cannes ou à Biarritz, un congrès, je ne sais plus. Il m'a demandé si nous pouvions l'emmener avec nous. J'ai donné ma bénédiction. Je suis un peu le parrain de leur amour.

J'ai hoché la tête. Dans sa bouche, le mot amour sonnait moins juste que le mot parrain.

— Donc, si vous trouvez dans leur histoire matière à un livre, sachez qu'il n'entre pas dans les attributions du Conseil général de commander un ouvrage non touristique, mais, à titre personnel, je puis vous assurer que tous vos frais d'écriture seraient couverts. Vous allez recevoir sous trois jours une proposition amicale, qui ne vous lie à aucune structure et ne repose que sur la confiance mutuelle. Quant au lancement de l'ouvrage, vous pourrez mesurer demain matin dans *L'Écho* ma force de frappe. Les réseaux gaulliens sont encore efficaces, mon ami, et ils se feront un devoir d'épauler votre idéal de vérité.

J'ai reposé mon verre sur la tablette. J'avais les joues en feu, mais ce n'était pas la faute du scotch. Tout cela, alors, l'attribution de mon prix, les confidences de Maxime, le boycott assuré par les chasse-neige, la polémique disproportionnée que je déclenchais dans les médias – et jusqu'à mon intimité avec Pauline, qui sait ? –, ne serait qu'une mise en scène, une opération destinée à provoquer et justifier mon engagement au service d'une victime de complot judiciaire ?

— Bien entendu, il ne s'agira que d'un roman : vous changerez les noms et je nierai toute ressemblance. Mais le scandale que vous aurez déclenché par mes soins permettra, si besoin est, d'infléchir le cours du procès, sur la base d'une légitime suspicion à l'égard du parquet. Lorsque l'intérêt supérieur de la Nation nous interdit de prouver notre bonne foi, il convient de jeter le discrédit sur ceux qui nous diffament. N'est-ce pas ? Bon retour à Paris.

Il m'a tendu une main qui sentait l'accord de principe. Je l'ai serrée d'un air dégagé, en précisant que j'étais sous contrat exclusif avec mon éditeur.

— C'est un ami. Je me chargerai de vous libérer : il vous faut une diffusion bien plus large, idéalement d'ici trois mois. Inutile d'ajouter que cette conversation n'a pas eu lieu. Je sais que vous êtes d'une sensibilité proche de la gauche, et votre impartialité n'en sera que mieux perçue.

Sur un mouvement de son menton, le chauffeur m'a ouvert la portière et remis une corbeille de produits locaux. Les tempes serrées et le pas raide, j'ai rejoint Mme Voisin sous le tableau des horaires où s'affichait le retard du train pour Bourg-en-Bresse.

— C'est un requin, mais il est sincère, a-t-elle commenté en compostant mon billet. Et lorsqu'il promet quelque chose, il s'y tient.

Elle m'a accompagné sur le quai. Au moment où l'express entrait en gare, elle a recalé le tableau sous mon bras, puis m'a dit :

— N'écoutez que votre cœur et votre instinct de romancier. Le cas échéant, dites-vous qu'accepter une enveloppe, ce n'est pas vendre son âme au diable. Surtout si la cause est juste. Quoi qu'il en soit, Pauline vous fait confiance, et moi je mise sur votre avenir littéraire. Vous irez loin, Quincy.

On s'est fait la bise et je suis monté dans mon wagon de seconde.

Trois jours plus tard, je trouvais dans ma boîte aux lettres une enveloppe sans adresse, contenant une clé numérotée et une publicité pour un centre de remise en forme au Trocadéro.

C'était un club de torture banal, où des gens ruisselaient en courant sur des tapis roulants sans avancer d'un mètre, tandis que d'autres grimaçaient obstinément pour tenter de repousser des blocs de fonte. Au vestiaire, dans le casier dont le numéro correspondait à la clé que j'avais reçue, deux autres enveloppes m'attendaient.

La première renfermait une liasse de photocopies : dossier d'instruction de l'affaire De Pleister, lettre manuscrite à en-tête du cabinet du garde des Sceaux garantissant à la juge de Maxime indépendance totale et soutien personnel, relevés bancaires de ladite juge avec certaines lignes entourées au stylo rouge, comptes rendus d'écoutes téléphoniques effectuées par l'Élysée où divers politiciens cherchaient la meilleure façon de se débarrasser de Robert Sonnaz, et rapport d'un détective privé sur les antécédents, les habitudes, les fréquentations de son homme de confiance. À ce rapport était jointe une photo prise au téléobjectif où Maxime, corps sculptural et longs cheveux d'Indien blond tombant jusqu'aux reins de Pauline, lui faisait l'amour en levrette dans une chambre d'étudiante.

La seconde enveloppe contenait cinquante mille francs en espèces. Je l'ai remise dans le casier et j'ai envoyé la première, sous pli anonyme, au *Canard enchaîné*, ne gardant pour moi que la photo de cul. Je pensais être en règle avec ma conscience. J'estimais avoir fait mon devoir pour blanchir Maxime, en divulguant à qui de droit les magouilles visant à travers lui le président du Conseil général. Le scandale éclaterait sans que j'y sois mêlé, bénéficiant forcément à l'innocent sur qui s'acharnait la justice pour des raisons que la presse allait s'empresser de creuser. En ces temps de cohabitation orageuse où la droite se déchirait autour de François Mitterrand, ces révélations ne manqueraient pas de jeter de l'huile sur le feu dans la guerre opposant Jacques Chirac à Édouard Balladur, sans épargner le chef de l'État dont *Le Canard* avait dénoncé un an plus tôt le service d'écoutes téléphoniques. Mais c'était le prix à payer pour que Pauline retrouve son Maxime.

Mon rôle était fini. J'avais décidé de tenir la promesse qu'elle me demandait dans sa lettre. Ce n'est pas moi qui lui écrirais le premier. Ce n'est pas moi qui tenterais de la revoir. Je me contenterais de faire savoir discrètement à Maxime que j'étais l'auteur de ces fuites dans la presse. Dès lors qu'il serait libre, elle n'aurait plus qu'à laisser parler sa gratitude.

*

Autocensure, conservation des documents pour un usage futur, interception de l'enveloppe avant qu'elle parvienne au *Canard enchaîné* ? Rien n'est jamais sorti, à ma connaissance, dans le journal satirique paraissant le mercredi. En revanche, huit jours plus tard, j'ai eu la très nette impression qu'on s'était introduit chez moi. La serrure ne semblait pas forcée, il ne manquait rien, mais des feuilles éparses de mon manuscrit en cours avaient été déplacées, j'en aurais mis ma main à couper. Qui était venu fouiller mes papiers ? Un détective privé, un groupuscule politique, les Renseignements généraux, la mafia ? Il valait mieux, décidément, couper les ponts avec Maxime et sa clique.

Trois mois plus tard, à l'ouverture de son procès, je lui ai envoyé à la maison d'arrêt une carte de vœux anonyme marquée simplement « Merde ! ». Comme on le fait pour un acteur, le jour d'une générale. Il m'a répondu : « Prends soin de toi », dans une enveloppe vierge à l'intérieur d'une plus grande qui portait l'en-tête d'un cabinet d'avocats.

J'ai suivi les comptes rendus d'audience dans *France-Soir*, le seul journal qui s'intéressait un peu à l'histoire. Sinon, c'était silence à gauche et prudence à droite. Personne ne mentionnait le président du Conseil général. Il n'était plus question de dénoncer le système Sonnaz : l'affaire était présentée comme un banal règlement de comptes dans les milieux de la drogue, mettant en scène le fils d'un joueur de foot alcoolique entraîné dans la spirale de la délinquance.

Maxime ne s'est pas défendu. Il a refusé d'ouvrir la bouche au tribunal. Seule déclaration faite à la presse par son avocat : « Mon client est confiant dans la décision des instances judiciaires, dont il s'est abstenu de dénoncer les abus. » Les jurés n'ont retenu que les empreintes sur l'arme et l'absence d'alibi. Au vu de ses antécédents, il a écopé de quinze ans ferme.

J'étais consterné. Les circonstances me délivrant de ma promesse, j'ai écrit une lettre de soutien à Pauline. Je n'osais même pas espérer de réponse.

*

À la fin de l'été, quand mon éditeur, confirmant le verdict de son comité de lecture (« Manque de vécu »), a refusé mon manuscrit sur la guerre de 14 en Lorraine – et donc la fraction d'à-valoir correspondant à l'acceptation –, je me suis retrouvé à découvert. La banque a menacé de me retirer ma Carte bleue. Ravalant mes scrupules, je suis retourné au vestiaire du fitness club. L'enveloppe de mes « frais d'écriture » n'était plus dans le casier.

Pris à la gorge et aux tripes, j'ai compris que le moment était venu. De Pleister condamné au maximum, je ne risquais plus d'aggraver son cas par une maladresse littéraire. J'étais libre, désormais. Libre d'écrire sans conséquence, de mon propre chef et dans mon seul intérêt, ce livre que Pauline m'avait demandé. Un roman à clés qu'on pourrait toujours exploiter par la suite, si le personnage était suffisamment crédible et attachant, pour solliciter une remise de peine. J'annonçai la bonne nouvelle à Pauline, dans une nouvelle lettre expédiée à l'université d'Oxford.

Le roman s'appellerait *L'Extase du moucheron*. Avec ces vingt-quatre heures de *vécu*, de suspense, de passion naissante et d'embrouilles politiques dans une librairie de province débouchant sur les affres d'une erreur judiciaire, je susciterais à nouveau l'enthousiasme de mon éditeur. Ou j'en séduirais un autre.

Ma rencontre avec Pauline, rebaptisée Mélanie, était racontée à la première personne par un Maxime devenu Fred. Je ne changeais que les noms, les lieux, les événements, l'évolution de l'intrigue et le point de vue sur moi-même, un auteur mécanicien-tôlier appelé Jean. Les caractères et les sentiments, eux, demeuraient authentiques.

Mon inspirateur m'envoyait une lettre par mois. On l'avait transféré à la centrale de Saint-Martin, sur l'île de Ré. Mis au secret dans la citadelle construite par Vauban – comme l'avait été un siècle plus tôt, soulignait-il, le capitaine Alfred Dreyfus avant son départ pour le bagne de Guyane. Maxime, à l'en croire, avait hérité de «la cellule d'Alfred», qu'il partageait avec deux autres innocents, et il se sentait investi d'une mission spirituelle qu'il évoquait en termes lyriques et flous.

Il n'avait pas découvert Dieu, m'écrivait-il, mais il avait découvert l'homme, et ce n'était pas beau à voir. Seules la prière laïque et l'action rédemptrice, concluait-il, pouvaient encore sauver la société française. Je répondais en lui envoyant des chocolats, des bandes dessinées et des cassettes de Louis de Funès. Mes cartes d'accompagnement se bornaient à «Bon courage» et «Un jour, un livre te rendra justice».

Il n'avait pas relevé l'allusion. J'espérais qu'elle était assez claire pour l'aider à tenir le coup. Ma véritable réponse à ses lettres, c'était l'existence imaginaire que je lui offrais à partir de mes souvenirs.

Je venais de boucler les neuf premiers chapitres quand j'ai appris sur France Info la disparition de Robert Sonnaz, retrouvé suicidé d'une balle dans la tête au volant de sa voiture. Officiellement, le président du Conseil général avait voulu se soustraire aux conséquences d'une «longue maladie». Trois jours plus tard, je recevais un mot de Maxime :

Surtout, ne publie RIEN *! La donne a changé. Oublie-nous.*

Le ciel m'est tombé sur la tête. J'ai enfermé dans un tiroir le manuscrit qui aurait pu causer du tort au détenu. Et je me suis efforcé de le chasser de mon esprit, comme il me le demandait.

De toute manière, en dehors de ce récit qui m'était désormais interdit, je n'avais plus rien à espérer de mes personnages. Les deux lettres envoyées à Pauline, aux bons soins de l'université d'Oxford, m'étaient revenues. Destinataire inconnue. Elle avait dû renoncer à son rêve, brisé par la condamnation de Maxime. Sans doute l'avait-elle suivi sur l'île de Ré, et il avait fini par se résoudre à accepter une vie de couple au parloir. C'était probablement le sens de ce pluriel, *oublie-nous*.

En revanche, j'avais reçu des nouvelles de Mme Voisin, qui m'invitait à la fermeture de sa librairie. «*Mon fils ouvre à la place un salon de coiffure,* m'écrivait-elle dans un coin du carton. *En amical souvenir d'un monde qui disparaît.* »

Je n'ai pas répondu. Je n'avais plus d'éditeur, plus d'idées, plus de projets autres que d'assurer ma survie en posant des moquettes à plein temps. Je devais m'efforcer d'oublier cette histoire. Tourner la page sur mes illusions de littérature et d'amitié-passion. Abandonner l'espoir de retrouver un jour Pauline.

Je vivais depuis un an dans une chambre de bonne de la rue Caulaincourt, que me louait pour un prix dérisoire un de nos vieux clients montmartrois, professeur de français à la retraite, flatté de faire shampouiner sa moquette par un auteur des éditions Portance. Pour lui être agréable, j'étais venu signer, à défaut de nouveauté, mon *Énergie du ver de terre* au stand des « Écrivains de la Butte », ce dimanche 15 octobre, pour la Fête des vendanges.

Il pleuvait, la toile au-dessus de nos têtes commençait à goutter sur nos œuvres, et les acheteurs se faisaient rares. J'avais repéré une ravissante jeune fille, tee-shirt jaune et chapeau de plage, tenue en laisse par un labrador guide d'aveugle. Elle allait d'un auteur à l'autre, passant sa main au-dessus des livres avec une lenteur concentrée. Elle me faisait penser à la magnétiseuse qui, un mois plus tôt, m'avait transformé une crise d'eczéma en plaque de psoriasis.

— Vous avez une jolie respiration, a-t-elle lancé dans le vide en plaçant sa paume à dix centimètres de mon titre. Votre nom, c'est ?

— Quincy Farriol. Bonjour.
— Vous êtes connu ?
— Dans le quartier, oui. Je commence.
— Moi je m'appelle Louise. Pardon pour mes yeux : on m'a volé mes Ray-Ban. Par un temps pareil, faut vraiment être sadique.

J'ai réagi avec une compassion indignée. Faire ça à une non-voyante. Elle m'a rassuré :

— C'est juste pour le prix que je râle. Je suis née comme ça ; je n'ai rien perdu. Le monde est beau dans ma tête.

Son sourire était un concentré de vie qui jurait insolemment avec son regard blanc. Elle a interrompu le survol de mon livre.

— Ne le prenez pas mal, mais votre couverture est très froide. Elle ne va pas avec votre voix. Vous seriez mieux chez cet éditeur-là.

Elle désignait du menton l'illustration haute en couleur de mon voisin de gauche. Le genre de jaquette que, chez Portance, on appelle une salade niçoise. Je n'ai pas pu m'empêcher de lui demander :

— Vous voyez avec les doigts ?
— Ce n'est pas le mot. Les couleurs sont des ondes, vous savez. Chacune émet une vibration particulière. Là, par exemple, je sens un Magritte.

J'ai regardé l'homme au corps de cage d'oiseau reproduit sur l'essai de la sociologue installée à ma droite, actuellement aux toilettes.

— Sage, Ulysse ! Attention qu'il ne bave pas sur vos livres.

— Non, ça va, ai-je dit en faisant redescendre le gros labrador qui avait mis ses pattes sur la table pour me donner des coups de langue.

— Il a l'air de vous trouver à son goût. Vous avez une chienne ?

— Pas personnellement, ai-je répondu avec une pensée pour la moquette en laine bouclée que j'avais rénovée avant de venir, pleine de poils de lévrier afghan.

— Vous êtes publié en braille ?

— Non. Je le regrette.

Sa main gauche s'est avancée vers mon visage, s'est déplacée dans un lent mouvement de va-et-vient à dix centimètres de ma peau. J'ai ressenti le même effet que si elle m'avait caressé.

— Vous aimez les femmes, en tout cas.

Ça sonnait comme un argument positif, compensant mon teint de papier mâché et mes rougeurs de psoriasis, dont ses doigts avaient dû capter les vibrations pas vraiment ragoûtantes. Elle avait de la peinture sur l'index et sur un côté de son jean. Je lui ai demandé si elle était peintre.

— Vous brûlez.

— Galeriste ?

— Modèle. Je pose nue pour les étudiants des Beaux-Arts. Et chez des particuliers.

J'ai dégluti en détaillant ses petits seins que la pluie faisait pointer sous le tee-shirt. J'ai dit que j'aurais bien aimé être un particulier.

— Je n'ai jamais posé pour un écrivain. Ça vous dirait ? C'est soixante francs de l'heure.

— Moins cher qu'à Pigalle, l'a complimentée mon voisin en m'adressant un clin d'œil égrillard.

— Mais ce ne sont pas les mêmes prestations, lui a-t-elle répondu avant de me donner sa carte. Si jamais je vous inspire... Je me déplace. Allez, j'y vais, Ulysse a envie de rentrer. Il n'est pas très en forme, en ce moment, et il a horreur de la pluie. À un de ces jours, peut-être.

J'ai regardé le labrador l'entraîner en boitant vers la rue Saint-Vincent. Il a fait un arrêt pour lever la patte sur un lampadaire, est reparti brusquement en tendant sa laisse. Louise s'est cognée dans un montant d'échafaudage. Je me suis précipité pour voir si elle s'était fait mal.

— Non merci, j'ai l'habitude. Il fait un peu de confusion mentale, avec l'âge : il oublie de me signaler des obstacles. En même temps, je ne veux pas le vexer. Et si je le dis à l'assoce, ils me le reprennent. Ça fait onze ans qu'on est ensemble.

Je lui ai proposé de la raccompagner.

— Uniquement si c'est un plaisir. Je déteste la charité.

— Offrez-moi un verre, alors.

— Vous, plutôt. Je ne travaille jamais chez moi.

— D'accord, si vous aimez la vodka. Je n'ai rien d'autre.

— Ça sera une première.

Elle a posé pour moi, à la fin de la bouteille. Sans aucune gêne, elle s'était déshabillée devant ma table comme dans une cabine d'essayage. À quelques centimètres derrière elle, sur le mur, la photo érotique de Pauline que j'avais punaisée après avoir découpé Maxime. Je me faisais l'amour avec elle, tous les soirs – par habitude, par flemme. Et voici qu'une autre femme nue envahissait le décor, *en vrai*. Je ne me reconnaissais pas. Je me sentais très à l'aise. Je trouvais ça naturel. La sensation de voir sans être vu. Sans être comparé, jugé, réduit à une image.

J'ai écrit son corps. Je lui ai lu les quatre pages d'anticipation sexuelle qu'elle venait de m'inspirer. Elle a dit :

— Évidemment, ça donne envie. Mais je ne me rends pas compte : je suis vierge.

Sur un ton crétin, j'ai demandé pourquoi.

— Ça ne s'est pas trouvé. Les peintres, vous savez, c'est beaucoup plus abstrait qu'on ne croit. Mais j'adore me voir avec leurs yeux.

J'ai reposé mes feuilles, je me suis levé, je l'ai prise dans mes bras.

— Ce n'est pas contractuel, a-t-elle dit doucement.

Je lui ai fait remarquer que si les peintres ont besoin de fixité, les écrivains, eux, se nourrissent du mouvement.

— Je peux danser, si vous voulez.

— Faites ce que vous avez envie de faire.

Elle s'est enlacée en fredonnant un slow de Joe Dassin, langoureux et poignant, *Si tu t'appelles mélancolie*. Je l'ai contemplée. J'ai converti sa chorégraphie en phrases. Elle s'est cognée dans un meuble. J'ai désinfecté la plaie. Je l'ai embrassée. Elle m'a rendu mon baiser au bout de quelques secondes. Je n'ai presque pas pensé à Pauline en lui faisant l'amour. Le labrador dissimulait nos gémissements en hurlant à la mort, lui-même couvert par les voisins qui tambourinaient des murs au plafond.

Elle ne m'a facturé que la demi-heure de pose.

*

Outre les problèmes d'insonorisation, ma chambre de bonne était trop petite pour Louise et son chien. Huit jours plus tard, je donnais mon congé pour m'installer dans son deux-pièces de la villa Léandre, une délicieuse impasse oubliée au sommet de la Butte. Nos fenêtres envahies par les lilas mitoyens tamisaient le plus bel automne de ma vie. Quand on se quittait, à l'aube de nos nuits presque blanches, on avait toute la journée pour laisser nos corps reprendre des forces. J'allais poser mes moquettes, elle posait tout court et on se retrouvait au crépuscule, diluant sous la douche le regard des autres hommes sur sa silhouette et les traces de colle sur ma peau. Ça ressemblait au bonheur. Je commençais presque à m'ennuyer.

Depuis que nous vivions ensemble, son labrador avait pris un sérieux coup de vieux. Comme s'il s'autorisait à lâcher prise, maintenant que sa maîtresse avait un amant. Il y voyait de moins en moins, et c'est moi qui le sortais. J'étais devenu guide de chien aveugle.

— Raconte-moi le corps des femmes que tu as le plus aimées.

La découverte du plaisir avait rendu Louise insatiable. Mais, en dehors du sien, je n'avais qu'un seul corps à lui raconter. Une seule nuit. Pauline. Le reste de ma vie amoureuse n'était que brouillons, pâles copies et concessions. Rien n'avait jamais pu rivaliser avec cette amorce de fusion entre mes fantasmes les plus disparates. Quand je lui ai raconté sous la couette l'amitié-passion qui m'était tombée dessus dans une librairie de Saint-Pierre-des-Alpes, Louise a dit :

— C'est tout ?

Pour m'épargner sa déception, qui ne faisait qu'attiser le souvenir inachevé de Pauline, je me suis inventé alors des liaisons torrides, multiples et sans conséquence, qui alimentaient son excitation et me laissaient sur ma faim dans son corps. J'avais l'impression que toutes ces maîtresses fictives faisaient l'amour avec Louise sous mes yeux, et je finissais par me sentir un peu seul.

Maxime est sorti de prison en décembre 1998. Trois lignes dans la rubrique «En bref» de *L'Écho des Alpes* : jugement cassé pour vice de procédure. Depuis sa maison de retraite d'Armoise-en-Vercors, Mme Voisin m'avait envoyé la coupure de presse avec un Post-it d'accompagnement : «*Il était temps ! Que devenez-vous ?*»

S'il y avait une question à laquelle je n'avais pas envie de répondre, c'était bien celle-là. Deux mois plus tôt, Louise m'avait quitté pour une peintre de son âge. Coup de foudre dès la troisième séance de pose.

— Désolée, Quincy, mais j'ai découvert le regard d'une femme.

Une phrase de rupture aussi bouleversante que ses premiers mots, à la Fête des vendanges. Comme souvent chez moi, l'empathie prenait le pas sur le chagrin. J'étais heureux pour elle. On prenait un café, de temps en temps. Elle s'était installée dans l'atelier de l'artiste, un grenier de luxe à Montparnasse. Comme il n'y avait pas d'ascenseur, j'étais resté villa Léandre avec son chien.

C'est là que j'ai reçu, au début du printemps, réexpédié par mon éditeur, un faire-part en provenance d'Oxford. Carton épais, calligraphie en italiques festives, rabat indiquant l'adresse de Pauline sur le campus. J'ai eu le cœur serré en voyant que son double rêve s'était finalement réalisé. L'enveloppe parlait d'elle-même : Maxime est libre, je reprends mes études et je l'épouse. Tout est bien qui finit bien. Je n'avais plus qu'à me réjouir pour eux. Mais je n'aurais pas supporté qu'elle me demande d'être son témoin. De toute manière, je ne pouvais pas quitter Paris. Ulysse était perdu sans moi : il hurlait à la mort dès que je changeais de pièce, et je n'avais pas les moyens de lui offrir une doggy-sitter. J'ai jeté le faire-part sans l'ouvrir.

Et les problèmes ont commencé. Autant j'avais pris avec philosophie le départ de Louise, me consolant avec son chien dans le dérisoire de notre cohabitation, autant je me retrouvais laminé par l'idée que Pauline et Maxime, réunis sans que j'y sois pour rien, n'auraient plus jamais besoin de moi. Mal d'amour ou chagrin d'amitié, je n'étais plus qu'un laissé-pour-compte qui avait perdu le goût d'avancer. Pour qui, pour quoi ?

Et puis il s'est produit un déclic, après trois semaines de dépression profonde où mon labrador subclaquant m'entourait de son mieux, s'empêchant de mourir malgré ses souffrances pour ne pas me laisser seul. J'ai réagi. Je ne voulais pas qu'Ulysse emporte cette image de moi. J'ai pris une douche froide, balancé mes bouteilles de vodka et ressorti mon début de roman sur Pauline et Maxime. Ce texte ne ferait plus de tort à personne, désormais. Notre histoire était finie ; je pouvais la recommencer à ma guise, la revivre à ma façon, reprendre contrôle des événements et possession des personnages. Qu'avais-je d'autre à exprimer de sincère, de *vrai* ? Ce serait mon second départ. Ou bien mon chant du cygne.

D'une traite, j'ai réécrit tout le début. Je faisais mourir mon narrateur en prison, dès le premier paragraphe. Comme pour me conforter dans mes choix, j'ai reçu alors un second faire-part. Même format, sous enveloppe ordinaire en papier kraft, expédiée à ma maison d'édition depuis Monaco. L'adresse et la mention anonyme du rabat («*PIQÛRE de rappel : ON compte sur TOI*») étaient de la main de Maxime ; impossible de ne pas reconnaître cette grosse écriture pleine de majuscules. Monaco... C'était bien son style, comme voyage de fiançailles. La «piqûre de rappel» a connu le même sort que la seringue initiale : poubelle d'office. Vous pouvez compter sur moi, certes. Mais pas de cette manière.

En arrêt maladie sous prétexte d'allergie soudaine à la colle des moquettes, je travaillais quinze heures par jour, sept jours par semaine, dans la cuisine que j'avais transformée en bureau, face à la photo de Pauline collée sur le réfrigérateur. Je ne sortais que pour les besoins de mon chien, achetant une crêpe ou un hot-dog que nous partagions place du Tertre. Quand il n'a plus été capable de marcher, je lui ai mis des couches et je me suis fait livrer des pizzas. Moralement, il allait beaucoup mieux. Et moi j'aimais ce que j'écrivais. Je me faisais rire, pleurer, piéger.

Je corrigeais la réalité, je réinventais ce qui aurait pu être l'aventure de ma vie. Ne faire qu'un avec Pauline en mémoire de Maxime.

C'est à la page 145 que la réalité a repris le dessus.

Le bar du Westin est désert à cette heure matinale. Je me sens complètement décalé devant ce décor de velours écarlate à colonnes grecques, avec mon roman de jeunesse au bout du bras et mon téléphone qui vibre dans ma poche. Je devrais être en réunion de comptabilité depuis déjà dix minutes.

Avant de tourner les talons, je fais deux pas en avant pour être en paix avec ma conscience. Pouvoir me dire ensuite que oui, comme indiqué au réceptionniste, j'ai attendu à l'intérieur du bar. Pas très longtemps, certes, mais j'ai laissé sa chance au hasard – un hasard déjà suffisamment manipulé pour me conduire à ce rendez-vous qui, sans doute, restera manqué. Je n'ai plus les moyens de mes rêves. Je n'ai plus la force d'y croire.

J'avance d'un dernier pas et je me fige, respiration bloquée. Invisible depuis l'entrée, Pauline est assise dans l'alcôve du fond à gauche, sur un grand canapé rouge couvert de dossiers, entre un MacBook et un iPad. En plein travail. Elle ne m'a pas vu. Ses cheveux longs cachent son visage. Elle est vêtue de gris.

Un tailleur qui ne dit rien de son corps ni de sa vie d'aujourd'hui. Mariée, divorcée, veuve ? Femme d'affaires ou bourgeoise rangée ? Ou naufragée en détresse comme moi, s'efforçant de faire illusion.

De trois quarts dos, à quinze mètres de distance, l'illusion opère. Le temps s'arrête. Nos années de séparation se résorbent et nous ramènent à un point de départ. Mais je ne suis plus celui qui écrivait sur elle quatorze ans plus tôt, dans la lumière dansante des lilas d'une impasse de Montmartre, entre sa nudité aimantée sur le frigo et les râles d'agonie du vieux labrador sous la table. Je ne suis plus ce jeune homme solitaire qui espère encore, ou du moins qui recrée sa vie sur le papier pour rejoindre dans l'imaginaire celle qu'il n'arrive pas à oublier. Le romancier maudit est devenu gérant d'une entreprise de revêtements. Dépôt de bilan probable d'ici la fin de l'année.

Je ne peux pas retrouver Pauline. Pas comme ça. Pas maintenant. Je ne veux pas voir dans ses yeux la faillite de ma vie. Je recule en retenant mon souffle. Quittant le moelleux de la moquette, mes semelles couinent sur le marbre de la galerie. Je me retourne d'une pièce, le cœur en bille de flipper. Je fonce en direction du hall. Je m'enfuis comme un voleur.

Sous les arcades de la rue de Castiglione, je ralentis, je reprends mes esprits, je me raisonne. Je traverse Rivoli, me réfugie sous les marronniers lourds du jardin des Tuileries. Appuyer le front contre un arbre. Respirer. Maîtriser l'émotion. Me dire qu'elle m'attend encore, de l'autre côté de la rue, qu'il n'est pas trop tard pour revenir sur mes pas. Faire le tri dans mes peurs, mes renoncements, mes refus. Affirmer une décision.

Et, au bout du compte, laisser le passé reprendre le contrôle...

C'était le jeudi 17 juin 1999. Je revenais du cimetière d'Asnières, où j'avais inhumé Ulysse pour trois ans. À deux cents euros le mètre carré, je n'avais pas pu aller au-delà. Et il n'était pas question de demander à Louise de participer, déjà qu'elle me laissait occuper à titre gratuit l'appartement offert par ses parents. Mon hébergement dépendant de la durée de sa liaison avec la peintre du boulevard Montparnasse, son bonheur pour moi n'avait pas de prix. Je lui avais donc caché la mort de son chien. Comme elle ne voulait pas le revoir par respect du transfert qu'il avait fait sur moi, tout allait pour le mieux jusqu'à présent. L'appartement était si plein de mes personnages que le vide laissé par Ulysse n'allait pas tarder à s'estomper.

Garée avenue Junot sur un emplacement livraisons, juste à l'entrée de mon impasse, une voiture que j'aurais reconnue entre mille a soudain bouleversé le cours du temps. La peinture vert bouteille un peu ternie et la cocarde en moins, mais c'était bien la Daimler Sovereign Double Six de Robert Sonnaz.

Sans doute un legs à titre de dédommagement. À moins que Maxime, pour continuer d'afficher sa fidélité butée au défunt Président, ne l'ait rachetée à ses ayants droit. Sous le volant, on voyait encore la tache de sang qui imprégnait la moquette en laine beige. Ils avaient dû lui faire un prix.

Un gros téléphone portable à l'oreille, il arpentait le pavé de mon impasse, à l'ombre des lilas.

— Si, si, l'adresse est bonne, j'y suis. J'ai cuisiné les voisins : il est parti en métro pour Asnières. Paraît qu'il est toujours fourré au cimetière, depuis qu'il a perdu sa copine. Non, non, le cimetière pour chiens. La copine s'est barrée, il ne lui restait que le clébard – ah ben le voilà, je te rappelle.

Il a coupé la communication, glissé le téléphone dans sa poche et s'est jeté sur moi.

— Salut l'écrivain, content de me voir ? Tu me remets ? *Ik ben de pleister !* Ton sparadrap, ton baume au cœur !

Il m'a pressé contre lui, tout fier de me dire que je n'avais pas changé. J'aurais aimé pouvoir en dire autant. Il avait pris dix kilos, et il ne restait plus de ses longs cheveux d'Indien qu'une tonsure entourée de quelques touffes en épis. Dans son costume trois-pièces anthracite à rayures blanches, il faisait moins mafioso que notaire. Mais l'incroyable joie de vivre qui brillait dans ses yeux de chien de traîneau le rendait presque beau.

— Ben alors, on sent le gaz, ou quoi ? Pauline t'invite, je t'envoie une piqûre de rappel, et tu ne réponds même pas !

Pris de court par cette irruption de mon personnage dans la réalité, atterré de le voir si peu conforme à mes souvenirs comme au produit de mon imagination, j'ai bredouillé qu'il m'avait demandé de l'oublier.

— Oui, mais c'était *avant*. On ne risque plus rien, maintenant. La vie est à nous !

Il ne sentait plus le vétiver. Carven appartenait sans doute à son passé carcéral : la liberté, chez lui, fleurait la bergamote et les épices. Il m'a écarté de lui, m'a reniflé avec recul.

— C'est moi qui déteins, ou on a le même parfum ?

— *Habit Rouge* de Guerlain, ai-je confirmé avec un pincement au cœur.

— J'ai reçu le flacon pour ma levée d'écrou. Tu vois ! Si elle a voulu qu'on sente pareil, c'est qu'elle tient encore à toi !

Dans la bouche d'un futur marié, cette conclusion d'un optimisme acrobatique, énoncée sur un ton d'enthousiasme, laissait un peu perplexe.

— T'as la trouille de craquer pour elle si tu la revois, c'est ça ? a-t-il souri d'un air psychologue.

Je me suis défendu avec une impétuosité qui m'a surpris.

— Pourquoi t'as pas répondu, alors ? OK, tu es débordé, en pleine écriture, mais tu es libre demain et tu viens, ne me dis pas le contraire !

J'essayais désespérément d'improviser une excuse imparable, quand il a prononcé la phrase qui a tout remis en question :

— Major de sa promo, tu te rends compte, *Master of Computer Science* !

Mon regard sans écho a baissé d'un cran sa véhémence.

— T'as quand même pas jeté nos enveloppes sans les ouvrir ?

J'ai balbutié que, lorsque j'écris, je suis incapable de gérer la correspondance. Avec un air de soulagement, il a sorti l'invitation de sa poche. Entre le blason de l'université d'Oxford et les caractères d'imprimerie, la main de Pauline avait écrit :

Sans Quincy et toi, le plus beau jour de ma vie serait vide. Je compte absolument sur vous, les garçons. I love you.

J'ai abaissé la feuille, horrifié d'être passé à côté de cette nouvelle, d'avoir déchiré ces mots.

— Elle avait dû t'écrire un truc dans le genre, m'a-t-il rassuré. Avec *Sans Maxime* à la place de *Sans Quincy*.

J'étais sans voix. Pauline ne l'épousait pas : elle nous invitait à sa remise de diplôme. Cinq ans après m'avoir sacrifié à la rupture imposée par Maxime, elle nous mettait sur un même pied.

Il a pris mes joues entre ses mains pour les frotter, surexcité.

— C'est ta victoire autant que la mienne, mon pote ! Si tu ne m'avais pas écouté, si tu ne l'avais pas détachée de moi, elle aurait plaqué ses études pour se rapprocher de ma prison et elle serait quoi, aujourd'hui ? Chef de rayon parfumerie en Poitou-Charentes.

Il m'a lâché pour savourer ma réaction avec deux pas de recul.

— Diplômée de l'université d'Oxford, putain, Farriol ! C'est impossible que tu ne viennes pas à sa *graduation* !

J'ai hoché la tête. La réalité échappait à mon contrôle, mais les rêves auxquels j'avais renoncé reprenaient corps.

— C'est à elle que tu parlais au téléphone ?

— Ben oui. Quand je l'ai appelée pour les questions de logistique, avant-hier, elle m'a dit que tu n'avais pas répondu. Elle s'angoissait grave : elle t'imaginait en chimio, SDF, *burn out*... Surtout, elle pensait que tu avais tiré un trait sur elle.

— Mais je lui ai envoyé deux lettres à Oxford, qui me sont revenues ! Destinataire inconnue !

Il m'a dévisagé, méfiant.

— Tu avais mis quoi, sur les enveloppes ? *University of Oxford* ?

— Oui !

— Normal. Les cadors de l'informatique, ils sont à *Oxford Brookes*. C'est pas le même campus, ils se tirent la bourre. Si tu oublies de préciser, Oxford tout court ne fait pas suivre, mais renvoie. Ça m'est arrivé, la première fois.

Face à mon air atterré, il a repris son téléphone, appuyé sur la touche de rappel automatique.

— Pauline, c'est re-moi. Avec ses déménagements, il n'a pas reçu nos courriers. Je viens de lui annoncer, il est sur le cul, je te le passe.

Il m'a lancé le portable que j'ai rattrapé de justesse. En vain, j'ai tenté de calmer ma respiration en le montant jusqu'à mon oreille.

— Quincy ? J'étais morte d'inquiétude ! Tu vas bien ? Tu ne m'as pas oubliée, tu peux venir ?

Le temps a fait un pli. J'étais couché sur le vieux lit de camp, serrant son corps nu tandis qu'elle me racontait Maxime.

— Ben réponds ! m'a-t-il lancé avec une bourrade.

Je lui ai tourné le dos pour m'isoler. Fermer les yeux sur la voix cascadante qui, en une fraction de seconde, m'avait ramené dans la nuit de la librairie Voisin. Comme si on venait de s'y réveiller ensemble.

— Ne lui en parle pas, mais tu m'as manqué autant que lui, Quincy. Tu ne peux pas savoir comme j'ai attendu une lettre de toi – d'un autre côté, c'est formidable que tu aies tenu ta promesse, et surtout que tu lui aies écrit *à lui*. Je suis tellement fière de toi, pardon, je te soûle, mais c'est dingue l'émotion qui... Allô ! Allô, tu es là ?

Je n'arrivais pas à sortir un mot, paralysé par le sourire niais de Maxime qui, revenu face à moi, m'encourageait à répondre avec des coups de menton. Il a fini par m'arracher le téléphone.

— Je te confirme : il va bien, il ne t'a pas oubliée, il vient.

— Attends...

Il a brusquement pivoté vers moi en plaquant le téléphone contre son torse.

— Ça, c'est un mot que j'ai rayé de ma tête. J'ai attendu cinq ans, mec, d'accord ?

Sans transition, il a repris son ton enjoué pour dire à Pauline :

— Juste il a failli me faire une syncope, tellement il est ému de ce qui t'arrive, je te raconterai. Allez, je l'emmène boire un coup pour qu'il se remette, fais-toi belle pour demain. On t'embrasse.

Il a rangé son portable avec un soupir de bien-être, m'a envoyé son poing dans le plexus.

— Tout arrive en même temps, tu vois, c'est génial ! Je vous ai bien foutus dans la merde, Pauline et toi. Si, si. Toi surtout. T'es passé à deux doigts d'un gros souci – heureusement que je t'ai interdit de publier mon histoire avant que j'aie fait le ménage.

Il a passé le bras autour de mes épaules et m'a entraîné vers l'avenue.

— Mais c'est fini, tout ça. Tu peux me demander ce que tu veux : je suis le roi du monde, aujourd'hui ! Les chiraquiens pètent de trouille devant moi, et le gouvernement Jospin idem : j'ai récupéré tous les dossiers du Président. Ils savent très bien la règle du jeu : dès qu'ils me refusent un truc, je sors un scandale. Et le pire, c'est que je suis incorruptible. J'ai jamais rien demandé pour moi, juste la tête de ceux qui ont fait buter Sonnaz avant les législatives.

— Ce n'était pas un suicide ? ai-je bredouillé, essayant de canaliser le flot d'informations qu'il me déversait.

— Bien sûr, a-t-il raillé avec une moue. Il s'angoissait pour son petit polype, il vivait mal la réussite de sa technopole, il s'en voulait à mort d'avoir démantelé tous les cartels de drogue en Rhône-Alpes, et il ne supportait plus tout ce qu'il savait sur les comptes de campagne de Chirac et Balladur. Moi, ça va, je supporte ! Et je les tiens tous : droite, gauche, centre et mafia réunis !

Il m'a stoppé soudain dans le caniveau, l'air grave. Il a attendu que le trottoir soit désert et il a repris d'une voix beaucoup plus basse :

— Je n'oublie pas ce que tu as fait pour nous, mon grand. Une dette d'honneur, tu sais ce que ça signifie à mes yeux. Tu veux les Arts et Lettres, une émission sur France Culture, un siège à l'Avance sur recettes, la direction de la fiction de France 2 ? T'as qu'un mot à dire.

J'ai dit merci, sans engagement de ma part. Difficile de mesurer la part de bluff ou de naïveté dans son numéro de caïd. En tout cas, au-delà du sparadrap qui revenait se coller à moi, je me suis rendu compte que, dans la solitude où je m'étiolais depuis la mort d'Ulysse, c'était un ami dont j'avais besoin. Une sorte de copain de régiment avec qui j'avais servi dans le même corps. Je ne savais pas ce qu'il adviendrait de mes retrouvailles avec Pauline, mais, pour l'heure, elle avait repris entre nous son rôle de trait d'union.

— T'as dû morfler grave avec la petite Louise, a-t-il enchaîné d'un air content pour moi. Les voisins m'ont raconté. J'pouvais pas tomber mieux, quoi. Ça va te requinquer, une bonne virée en Angleterre. Et je te mets à l'aise tout de suite : si tu veux Pauline, je te la laisse. Je ne suis plus au niveau, moi. La major d'Oxford et le futur Goncourt, ça sent le couple du siècle !

La réalité m'est soudain retombée sur l'estomac, dans le caniveau de l'avenue Junot. J'avais douze moquettes à poser le lendemain matin avec Samira dans un immeuble de bureaux d'Issy-les-Moulineaux. Le chantier du siècle, pour nous. La prime dont j'avais absolument besoin pour payer mon dentiste. J'ai dit à Maxime que je ne pouvais pas m'interrompre : j'étais en pleine immersion dans un roman que mon éditeur attendait pour la fin du mois.

— Eh ben t'emportes le manuscrit, tu travailleras dans l'Eurostar.

Avant que j'aie pu réagir, il avait ouvert la malle arrière de la Daimler.

— Je nous ai pris deux business, tu seras tranquille. On part demain à 8 heures.

Le coffre était plein à ras bord de valises, de housses à vêtements, de classeurs et de victuailles, comme s'il vivait dans sa voiture. Il a pris une mallette en bandoulière, un grand sac Cerruti, et m'a ramené jusqu'à mon immeuble.

— J'ai réservé une chambre au George-V, mais, si tu peux me loger, je préfère. Je passe ma vie dans les hôtels, ça me gave. Et j'ai des tas de choses à te raconter. Putain, qu'est-ce que je suis content de t'avoir retrouvé, t'imagines pas ! Ça m'a tellement coûté de t'empêcher d'écrire sur moi, mais tant que je n'avais pas récupéré les dossiers, tu risquais de te faire buter – attendez, madame, je vous tiens la porte.

En aidant ma concierge à sortir les poubelles, il m'a félicité pour mon attachée de presse qui n'avait rien d'une balance : devant son refus de donner ma nouvelle adresse, il avait dû demander à Pauline de pirater le fichier auteurs des éditions Portance. Je n'ai pas réagi, sonné par sa phrase précédente.

— Occupant à titre gratuit non imposable, t'as tout compris de la vie, toi, a-t-il enchaîné dans l'escalier. Sympa, comme baraque.

Je l'ai prévenu que je ne recevais jamais personne : l'appartement était dans un désordre total et je n'avais pas de lit d'appoint. Il m'a rassuré : quand on a passé cinq ans à trois dans neuf mètres carrés, on n'est pas regardant.

— Mais tu serais mieux au George-V..., ai-je tenté en sortant mon trousseau. C'est un des plus beaux palaces de Paris.

Il m'a pris la main pour introduire la clé dans ma serrure.

— Le vrai luxe, mon vieux, c'est de pouvoir choisir la personne avec qui tu crèches. Le reste, c'est juste une question de déco.

Il a senti la gêne dans mon regard, m'a remonté le moral d'une bourrade en déposant son sac sur le canapé du salon.

— T'avais raison, pour le bordel. Si t'arrives à t'y retrouver dans toutes ces paperasses, chapeau ! Offre-moi une bière, allez, et je t'emmène dîner.

Avant que j'aie pu le retenir, il était passé dans la cuisine où s'étalait mon manuscrit. La main sur la poignée du frigo, il a marqué un stop devant la photo de Pauline en levrette.

— Ah ben, t'avais gardé un souvenir ! s'est-il réjoui. Qu'est-ce qu'elle était bien gaulée, quand même... Je croyais que j'avais enjolivé, avec le temps.

Il a caressé d'un doigt nostalgique le contour des seins en suspension au-dessus des draps. Puis il s'est retourné vers moi avec une compassion goguenarde, en désignant l'amorce du gland que mes ciseaux avaient coupé au ras du sexe de Pauline.

— Tu t'aimes vraiment pas, toi.

J'ai mis quelques secondes à comprendre qu'il pensait que la photo provenait d'un appareil à déclenchement différé. J'ai dit doucement :

— Ce n'était pas moi, Maxime. Ç'a été pris de l'extérieur, au téléobjectif.

Il a froncé les sourcils, approché le nez du cliché.

— Attends, attends... C'était chez elle à Grenoble, ça ! Tu l'as chopée avec un autre mec, pendant que j'étais en préventive ? Allez ? Mais c'était quand ?

Il y avait sur ses lèvres une espèce de sourire crispé que je ne lui connaissais pas. La désinvolture de façade qui encourage les confidences blessantes. Je l'ai rassuré :

— Ce n'est pas un autre mec, Maxime. C'est toi.

Il est resté la bouche ouverte. Ça semblait l'affecter davantage que si Pauline l'avait trompé à son insu. Il a fini par déglutir. Il m'a posé une main froide sur l'épaule, a conclu pour faire diversion :

— Et tu m'as coupé la queue, donc.

J'ai précisé que le cliché provenait du rapport d'un détective privé, joint au dossier de son affaire que j'avais reçu par un intermédiaire anonyme.

Il a cogné sur la photo, faisant sauter l'aimant qui la collait au frigo.

— Qu'est-ce que j'ai eu raison, bordel ! Je savais bien qu'ils s'en prendraient à elle si je faisais pas semblant de m'en foutre ! Il est où, ce rapport ?

— J'ai tout envoyé au *Canard*.
— Hein ? T'es complètement malade !
— Sauf la photo. J'ai cru bien faire... Ils n'ont rien sorti, sois tranquille.
— Tu m'étonnes. Mais t'as gardé un double !
— Non.

Il a passé lentement une main sur son visage.

— 'tain le con. Il disait quoi, ce rapport ? Sur le Président et moi.

J'ai creusé ma mémoire pour ne pas commettre d'impair.

— En gros, des trafiquants de drogue t'avaient payé pour le tuer en 1981, mais il t'avait retourné...

Son poing s'est abattu sur la table, causant l'éboulement d'une partie de mon manuscrit.

— Faux ! J'avais dix-neuf ans, j'étais en train de lui piquer sa bagnole sur le parking d'un mariage, c'est tout ! Sauf qu'il s'est tiré de la fiesta plus tôt que prévu avec son chauffeur de l'époque, un Rital qui m'a sauté dessus avec un cran d'arrêt. Je me suis défendu, je l'ai plié d'un coup de latte : il s'est embroché lui-même en percutant son patron qui s'est ouvert le crâne sur la calandre de la Daimler. C'est là que je l'ai reconnu. Robert Sonnaz ! J'étais super-emmerdé : c'est lui qui avait sauvé l'AS Marcherolles où mon père était goal. Excuse-moi, j'ai pas fait exprès.

Prenant conscience de l'ampleur du sinistre, il a ramassé mes feuilles et entrepris de les reclasser malgré mes protestations.

— Ni une ni deux, j'ai pris le volant pour les emmener aux urgences. En chemin, j'ai supplié le Président de me pardonner. Je lui ai raconté ma vie, les bitures de mon père depuis son ménisque, les bastons filées par mon grand frère, mon engagement dans les chasseurs alpins à dix-sept ans, mes galères depuis qu'on m'avait viré de l'armée parce que j'avais pris la défense d'un homo en fracassant deux sous-offs. Au lieu de porter plainte contre moi, il m'a engagé pour remplacer le Rital.

Rangement terminé, il s'est laissé tomber sur ma chaise, les coudes plantés au milieu de mes feuilles avec un soupir attendri.

— Il m'a donné ma chance, quoi. Il m'a éduqué, il m'a sauvé... Sans lui, je serais resté un baltringue à deux balles. Je lui dois tout.

En remettant mes pages dans l'ordre, j'ai demandé :

— Mais qui m'a fait parvenir ce dossier, Maxime ? Ses amis ou ses ennemis ?

— Quand tu les connais, tu vois pas vraiment la différence.

— Tu crois que j'ai fait une connerie, avec *Le Canard* ?

Il a clos le chapitre en disant que, de toute manière, c'était de l'histoire ancienne : il avait réglé leur compte à tous ceux qui auraient pu nous causer des problèmes. Le *nous* a décuplé mon angoisse rétrospective. Il a retiré les coudes du manuscrit, lissé les feuilles comme on défroisse un drap, puis il a jailli de sa chaise en claquant ses paumes.

— Allez, tout ce qui compte, aujourd'hui, c'est nous trois ! Et je te préviens, l'écrivain, ce soir tu me réinsères dans la vraie vie ! Tu me la joues Paris *by night* ! La tournée des grands-ducs !

En fait, c'est lui qui m'a fait découvrir la ville où je vivais depuis sept ans. Caviar Kaspia à la Madeleine, restaurant panoramique au deuxième étage de la tour Eiffel, Castel, Régine, Élysée-Matignon... Tous les temples du Paris nocturne qu'il hantait jadis le mercredi soir, après avoir couché Robert Sonnaz au temps où il siégeait à la Commission des finances de l'Assemblée nationale.

L'argent liquide coulait à flots de ses poches, ses pourboires dépassaient le montant des additions, il beuglait « Vive la République » dans les rues endormies et distribuait des enveloppes aux SDF en chantant sur l'air de *La Marseillaise* : « Les fonds secrets de la Patri-i-e ! ... » Aux premières lueurs de l'aube, rond comme une queue de pelle, il m'a fait monter à l'arrière de la Daimler en m'appelant « Président ».

Je me suis retrouvé dans mon lit à sept heures moins vingt, réveillé en sursaut par un café-croissants déposé sur mes genoux. Incapable de me rappeler comment j'avais atterri là.

— Quand tu t'arsouilles, toi, tu fais pas les choses à moitié, m'a-t-il complimenté. Allez, grouille, le train nous attend !

Il ne m'a pas laissé le temps de remplir une valise. Juste celui d'emballer mon manuscrit. Il a extrait de la housse Cerruti un costume identique au sien, deux tailles en dessous. Pendant que j'étais sous la douche, il l'a repassé avec un fer sorti de sa mallette.

Gare du Nord, j'ai juste eu le temps de m'éclipser dans une cabine téléphonique pour appeler Clichy-Moquette et dire à Samira que j'étais cloué au lit par une gastro.

Au milieu du jardin des Tuileries, je viens pareillement de prévenir mon comptable en détresse que je suis bloqué dans le RER. Un suicide sur la voie.

— Mais j'entends des oiseaux !

J'écrase le pouce sur le micro de mon kit mains libres. Je mens toujours aussi mal. Pour ce genre de choses. D'une voix blanche, le pauvre gestionnaire me rappelle que nous avons, dans moins d'une heure, une réunion avec la personne qui décidera de notre avenir. Et que rien n'est prêt dans notre justification des erreurs de TVA et d'Urssaf.

— On se tient au courant, dis-je, et je raccroche.

D'un pas résolu, je quitte le jardin, retraverse Rivoli en direction de l'hôtel Westin. Je n'ai pas encore pris ma décision. Dans l'immédiat, je vais aller aux toilettes me refaire une tête, un look, une âme. Essayer de présenter à Pauline une apparence raccord. Du moins une marge de changement qui n'excède pas la sienne.

Le miroir tamisé au-dessus du lavabo me renvoie une image qui peut faire illusion. Je suis plutôt mieux qu'avant. Moins crevard, moins livide, plus musclé.

Je me nourris mieux, j'ai une terrasse, je rame. Tout s'explique. Rien n'est le reflet de mon naufrage intérieur. C'est ma chance. Ou le danger d'un mensonge sans lendemain. Que reste-t-il de l'homme qu'elle a aimé ? Quel rêve ai-je encore à lui offrir, si c'est ce qu'elle est venue chercher ?

La porte s'ouvre, un gros Asiatique en costume colonial vient se laver les mains à côté de moi. Je reprends vivement le roman posé sur la tablette, qui vient de recevoir une éclaboussure. Je vais m'enfermer dans les chiottes, m'assieds sur le couvercle. L'éclairage est doux, la musique en sourdine, les gravures reposantes. Ça sent le bois de santal avec une pointe de cannelle. Gagner du temps. Reprendre mes marques. Me remettre dans la course. Retourner en arrière, encore, pour me donner la force d'aller de l'avant.

Il y a peu de jours où je ne revive le bonheur et le drame absolu qui ont marqué nos précédentes retrouvailles. Mais elle, veut-elle vraiment réveiller tout cela entre nous ? En a-t-elle les moyens, la force ? Elle m'a fait signe, oui. *Ça me ferait plaisir de te revoir...* Est-ce à moi de la protéger contre elle-même ?

Le voyage à Oxford restera l'un des moments les plus déstabilisants de ma vie. Dès la gare du Nord, Maxime a pris les choses en main en doublant les files d'attente, brandissant une carte du ministère de l'Intérieur.

— Sécurité, merci.

Il a fait rouvrir les portes du train, vidé notre wagon en expliquant aux autres passagers qu'il convoyait un individu dangereux.

— Comme ça, tu seras tranquille pour écrire.

Il s'est assis en face de moi et, avec une expression de gourmet, m'a demandé quel était le sujet de mon livre. Mon air fuyant lui a mis la puce à l'oreille.

— Allez, c'est moi ? Tu parles de nous, de Pauline ? Génial ! Tu as le droit, maintenant, ça me gêne pas, au contraire ! Raconte.

J'ai répliqué d'un ton ferme qu'il lirait quand j'aurais terminé.

— Mais, attends, il te manque plein de clés pour comprendre le personnage ! Tu sais rien de moi !

— C'est un roman, Maxime. Laisse-moi une part d'imaginaire.

— D'accord, mais il faut que je sois vrai.

— La vérité d'un roman, ça n'a rien à voir avec l'exactitude des faits.

— Oui, mais si moi je sais que c'est faux...

— Je n'écris pas pour toi.

Il a accusé le coup. Il a saisi un journal dans le chariot qui passait et s'est plongé dans la lecture des pages sport en mâchant un chewing-gum, boudeur. J'ai sorti mon chapitre en cours, j'ai tenté de renouer mon fil, de rassembler mes idées. C'était surréaliste de mettre en scène un personnage à moins d'un mètre de son inspirateur, de reconstituer le passé en partageant le présent. Fallait-il que j'intègre au roman les conditions dans lesquelles j'étais en train de l'écrire ?

Il a baissé le journal d'un coup.

— Ma rencontre avec Pauline, ça, tu ne peux pas l'inventer ! Voilà ce qui s'est passé. J'accompagnais le Président au congrès du...

— Elle m'a raconté.

Il s'est figé, le geste en suspens.

— Mais tu as besoin de ma version, pour compléter la sienne. À quoi ça te sert d'avoir un V12, si tu ne roules que sur six cylindres ? Décrasse tes soupapes, mec. Profite de moi.

Avec un soupir, j'ai pris mon carnet de notes et j'ai griffonné quelques-unes de ses expressions, pendant qu'il dépeignait avec lyrisme ses sentiments et ceux de Pauline, lors de leur coup de foudre mutuel sur le port d'Antibes. Les deux versions ne différaient en rien.

— Elle a changé toute ma vie d'homme, tu vois, et en même temps elle m'a redonné une enfance.

Je l'appelais *mijn zootje*... Ça veut dire « ma douceur », « mon petit sucré ». C'est comme ça que m'appelait ma mère à Zuidergem, avant que... avant que tout parte en couilles. Mais bon, n'en fais pas des tonnes non plus. Ils sont toujours vivants, les parents, même s'ils ne sont jamais venus me voir au parloir. Pas besoin de leur faire de la peine pour rien, je me suis sorti de tout ça. Ils reçoivent un virement chaque mois, et voilà. Ce qui compte, c'est Pauline. Je lui ai toujours été fidèle, tu sais. Depuis elle, je n'ai jamais baisé que des professionnelles.

Il a hoché la tête pour souligner son abnégation. Je l'ai félicité. Il m'a demandé :

— Et toi ?

— Moi non.

Il a paru inquiet, tout à coup.

— Mais elle... tu n'as pas trouvé mieux, quand même ? Tu es encore accro ?

Mon silence et mon regard détourné vers la nuit du tunnel ont répondu pour moi.

— Parce que tu as toujours un ticket avec elle, j'te signale ! a-t-il enchaîné d'un air sévère, comme si je n'avais pas le droit de jouer avec les sentiments de Pauline. Je suis resté dans son cœur, mais tu comptes beaucoup pour elle.

J'ai questionné avec une neutralité assez réussie :

— Elle te l'a dit ?

— Non, mais ça s'entend, je peux te le garantir.

— Vous vous êtes revus, depuis ta sortie de prison ?

— Non. Faut la préserver, Farriol. Faut pas la décevoir.

À son ton de gravité scrupuleuse, j'ai compris que cette recommandation l'englobait.

*

Arrivés à la gare de Waterloo, on a pris le métro en direction de Marble Arch. Il m'a guidé jusqu'à la surface, m'a fait traverser en courant un carrefour à haut risque. Dans le vacarme des travaux qui défonçaient la chaussée, on a longé Hyde Park à travers la fumée des bus qui, entre palissades et tranchées, se disputaient des arrêts provisoires ne correspondant pas à leurs numéros.

— C'est le neuvième au bout de la file, là-bas, le rouge et bleu, a-t-il gueulé sous la bruine par-dessus le bruit des marteaux-piqueurs. Il se barre, mais c'est bon, on est dans les temps, on chopera le suivant dans vingt minutes. Viens, je t'offre un coup.

Sur la toile cirée d'un snack pakistanais, il nous a commandé deux pintes de Guinness. Il semblait si bien connaître l'itinéraire et les lieux que je lui ai demandé combien de fois il était venu.

— Juste une, en repérage. Avant de recevoir l'invit. Je voulais savoir si elle était vraiment heureuse, ou si elle enjolivait.

— À quel point de vue ?

— Elle n'a jamais arrêté de m'écrire, *elle*.

J'ai pris ça comme un reproche. J'ai eu tort.

— Tu ne peux pas savoir comme j'ai morflé, a-t-il soupiré en reposant sa chope vide. Je lisais ses lettres quand je restais seul dans ma cellule, à l'heure de la promenade. Elle me racontait sa vie sur le campus, ses recherches, ses exams, ses copines... Elle daubait sur les étudiants qui la draguaient. Elle m'avouait ses petits coups de cœur, ses scrupules par rapport à moi, elle me demandait mon avis... Pour que je participe. Pour que je tienne le coup. À la limite, je lui servais de journal intime. Quand je me suis retrouvé dehors, la première chose que j'aie faite, c'est de foncer à Oxford. Ne lui en parle pas, surtout !

D'un claquement de doigts, il a renouvelé nos consommations sans interrompre ses confidences.

— Je ne me suis pas montré. J'ai juste regardé où elle vivait, qui elle fréquentait, je l'ai observée à distance... Qu'est-ce que tu voulais que je fasse dans ce monde-là, moi ? L'élite de l'université, les cadors de l'informatique mondiale... Et les mecs, là-bas, tu verras, c'est même pas des crânes d'œuf, c'est des champions d'aviron avec des pulls en cachemire sur les épaules. Encore plus balèzes que moi, mais sans un gramme de brioche. De quoi j'aurais eu l'air, devant ses potes ? Un blaireau qui sort de taule. Je suis reparti le soir même. Je voulais pas qu'elle ait honte.

— Et ça te gêne moins, aujourd'hui ?

— Elle m'a invité. Et puis tu es là.

Son ton d'évidence m'a bouleversé. Voilà que tout à coup je devenais son faire-valoir. Sa caution intellectuelle.

Dans l'*Oxford Tube*, le car de luxe à étage assurant la navette entre Londres et le campus, je me suis installé dans un carré de travail équipé d'une table en forme de haricot. Et j'ai écrit sans discontinuer, sous les ronflements de Maxime. Je noircissais des pages de dialogues et de rebondissements possibles à partir de la situation que nous vivions, levant le nez sur la campagne anglaise quand j'hésitais sur un mot ou que je testais une association d'idées. J'écrivais en direct le voyage, mes émotions, mes espoirs, mes doutes à travers le regard du faux primaire qui roupillait à mes côtés.

À l'arrivée dans l'espèce de gros bourg médiéval où alternaient les églises, les *pubs* et les *colleges* en briques couverts de lierre au cœur de parcs immenses en plein centre-ville, Maxime s'est réveillé en sursaut. Il a sorti son plan où il avait noté le nom de l'hôtel, m'a demandé si je parlais anglais. J'ai répondu par une moue : au lycée, j'avais choisi allemand première langue.

— Moi, j'ai appris en prison. Tu m'aideras pour l'accent.

Nous avons mis trois quarts d'heure à localiser Rewley House, ma prononciation nous ballottant d'un quartier à l'autre au gré des indications données par les autochtones. Un étudiant coréen a fini par nous orienter sur Wellington Square, une petite place carrée autour d'une forêt miniature contenue par des grilles. Tout le pâté de maisons était une dépendance de l'université, sorte de résidence hôtelière réservée aux familles des étudiants lors des compétitions sportives ou des remises de diplômes.

— *Miss Pauline Sorgues has reserved a suite*, a déclaré Maxime dans son anglais à consonances flamandes.

J'ai traduit. L'employé du *Department for Continuing Education*, genre moniteur de colonie de vacances, nous a tendu avec un gentil sourire une clé de cadenas reliée par une ficelle à une étiquette en plastique. Maxime a déchiffré l'adresse, puis il est ressorti.

Avec circonspection, je lui ai emboîté le pas sous la pluie dans une descente d'escalier raide menant à une porte de cave. Si notre place dans le cœur de Pauline était à la hauteur de l'hébergement, il y avait de quoi s'inquiéter.

Mais, sitôt la porte ouverte, l'éblouissement a pris le relais. C'était un véritable appartement de cent mètres carrés avec salon et cuisine donnant sur un jardin privé. Au bout de l'allée pavée, une table et cinq chaises étaient disposées à l'ombre d'un cytise dont les grappes de fleurs jaunes se mêlaient aux glycines blanches et bleues de la tonnelle. On se regardait, gagnés par le charme insolite de l'endroit. Notre seule réserve concernait la chambre, où deux étroits lits jumeaux encadraient la fenêtre à guillotine donnant sur l'escalier de cave.

— Il paraît que je ronfle, m'a signalé Maxime. À l'île de Ré, les gus de ma cellule passaient leurs nuits à siffler.

— Je prendrai le canapé-lit du salon.

— Ou moi. C'est un deux-places ; attends de voir qui décroche la timbale.

Il s'est jeté sur l'un des sommiers, s'est fait rebondir pour tester les ressorts.

— Tu seras très bien ici, Farriol. Finalement, tu vois, j'étais prêt à te laisser la main, mais j'ai changé d'avis. Je vais me battre.

Il a sauté sur ses pieds, m'a fait face. Je lui ai rendu son regard, désarçonné. Ça me paraît incroyable, aujourd'hui, mais je n'avais pas encore envisagé la situation sous cet angle. La compétition qu'il venait d'ouvrir entre nous était si éloignée des rapports que Pauline avait instaurés. On se toisait comme deux cerfs inséparables qui, brusquement, s'affrontent pour une biche à la saison du brame.

Son portable a sonné. Il a regardé l'écran, a décroché en me tournant le dos.

— Oui, *mijn zootje*, on est à l'hôtel, on arrive. Tu notes ?

La dernière phrase m'était destinée.

— Bus 8 au coin de Cornmarket Street, direction Brookes University, arrêt Gipsy Lane, et on demande *The main entrance*, m'a-t-il dicté.

Puis il a marqué un temps d'arrêt, et m'a lancé le portable que j'ai tenté d'attraper au vol. Le cœur en carillon de Westminster, je l'ai ramassé et l'ai emporté au salon. Tout en m'asseyant sur le canapé-lit, je l'ai monté lentement vers mon oreille pour ménager le suspense, l'émotion qu'on allait partager. D'une voix chaude et timbrée, j'ai murmuré :

— Je suis tellement ému de te revoir, Pauline. Surtout ici, surtout aujourd'hui... Tu vas bien ?

— Je n'ai pas le temps, je finis de m'habiller. Il n'est pas trop bourré, ça va ?

Retenant mon sourire, j'ai regardé Maxime qui était venu me rejoindre pour marquer son territoire.

— Non, non, c'est bon.

— Tu le gères, hein, tu le maîtrises en cas de problème. Je compte sur toi. Pardon, ils m'attendent pour la répète des places, on se voit tout à l'heure, c'est génial que tu aies pu venir. Bisous.

Je suis resté figé, le portable à l'oreille. En quoi était-ce «génial»? À quel titre m'avait-elle convié à sa *graduation* – chaperon de son mec, agent de probation, gardien du protocole? Le *I love you* de l'invitation m'avait laissé entendre que j'avais toujours, pour reprendre la terminologie de Maxime, un ticket avec elle. Mais, apparemment, il ne s'agissait plus que d'un ticket modérateur.

— Qu'est-ce qui est «bon»? s'est-il enquis d'un ton froid.

— Ton taux d'alcoolémie.

Étrangement, l'agressivité de ma franchise a aussitôt dégelé l'atmosphère.

— Je te préfère comme ça! s'est-il réjoui en me claquant les épaules. Allez, file-moi ta veste.

Il a sorti son fer à repasser afin d'effacer les mauvais plis du voyage, et on a couru prendre le bus au coin de la rue voisine.

L'asepsie fonctionnelle de la faculté des lettres de Metz ne m'avait pas préparé au folklore de la plus ancienne des universités anglaises. Les blasons, les médailles, les diplômes parcheminés, les toges et toques noires des étudiants promus, les robes professorales aux coloris canari, mésange ou perroquet – le tout parfaitement décalé dans un décor high-tech de béton vitré : Oxford Brookes. La dernière-née des réserves de cerveaux locales, principalement dédiée à l'intelligence artificielle.

Une centaine d'étudiants cravatés de rouge ou bleu par-dessus l'attache de leur capuche étaient alignés dans ce que le carton d'invitation appelait *The Ballroom*, et qui ressemblait à une salle des fêtes de banlieue. Nous étions assis au balcon, parmi les familles à caméscope.

— C'est elle, là-bas, cinquième au deuxième rang, tu la vois ?

Je l'avais repérée avant lui, mais j'ai fait semblant de la chercher, par délicatesse.

Lorsqu'elle est montée sur scène pour recevoir son diplôme, on s'est pris la main comme si c'était notre fille. Puis on a applaudi à tout rompre, les maigres bravos de courtoisie qu'elle suscitait étant sans commune mesure avec la manière dont la communauté africaine avait acclamé le précédent lauréat.

Elle a marché droit sur ses talons aiguilles jusqu'au doyen qu'elle dépassait d'une tête. Il lui a remis son diplôme avec des félicitations chaleureuses. Elle s'est inclinée, puis elle a regardé autour d'elle d'un air égaré.

— On est là ! a beuglé Maxime en croyant qu'elle nous cherchait.

Son appel s'est perdu dans l'ovation déclenchée par la rouquine à dents de lapin qui arrivait derrière elle. Pauline a posé une question au doyen. La réponse souriante qu'il lui a faite l'a laissée incertaine. Elle a quitté la scène, son diplôme à la main, hésitant entre les différentes sorties qu'avaient prises ses devanciers.

À la fin des discours officiels, nous avons enfin pu jouer des coudes dans la foule pour gagner les coulisses. Des huissiers coiffés de chapeaux à plumes nous ont réorientés vers la pelouse d'honneur où, devant les tentes rayées abritant le buffet, les familles retrouvaient leur lauréat. Les appareils photo crépitaient pour le traditionnel lancer de toques. J'ai remarqué que Maxime faisait la gueule. Prudemment, je lui en ai demandé la cause. Avant qu'il ait pu répondre, Pauline se jetait dans nos bras. Une bise sur ma joue droite, une sur la gauche de Maxime.

— Quel bonheur que tu sois venu, Quincy !
— J'ai eu du mal, a souligné Maxime.

— Ça te fait du bien, lui a-t-elle répondu en lui frottant le torse.

Il s'est tu, ne sachant trop comment le prendre.

— Vous m'auriez gâché ce moment, si vous m'aviez plantée, a-t-elle repris avec une gaieté qui sonnait un peu faux.

De près, des rides légères allongeaient ses paupières. Elle portait des lentilles. Elle avait dû s'abîmer les yeux sur les écrans. Cela mis à part, sa beauté avait pris une dimension moins mûre, moins réfléchie, moins grave. Dans sa tenue solennelle de major d'Oxford, elle ne me semblait pas aussi intimidante qu'en bas résille et Moon Boots, à vingt ans. Quoi qu'il en soit, c'était bouleversant de me retrouver devant elle, après avoir cohabité si longtemps avec ses fesses.

— Vous avez vu la boulette que j'ai faite quand j'ai reçu mon diplôme ?

— Tu parles de quoi ? a modulé Maxime, toujours un peu crispé.

— Les autres étaient partis s'asseoir à des places différentes en quittant la scène, j'ai demandé au doyen d'un air paumé : *« Where should I go now ? »*, il m'a répondu par un sourire coincé : *« Wherever you want. »* Sous-entendu : avec un diplôme pareil, toutes les portes s'ouvrent, où est le problème ?

J'ai ri poliment, Maxime est resté sur la défensive.

— Je vous présente Aymeric de Vernoille, a-t-elle enchaîné en direction de l'athlète en toge qui venait aux nouvelles.

On aurait dit son frère. Même taille, même regard, même teint clair, même inclination de toque. Avec une mèche en virgule au-dessus de ses lunettes de Superman junior.

— Tes amis français, je suppose ? lui a-t-il lancé d'une voix de cocktail en nous serrant la main avec un temps de secouage égal. Enchanté. Pauline m'a parlé de vous. Queens et Maxi, n'est-ce pas ?

— Presque, a répondu le second avec une froideur polaire. Vous êtes dans la même classe ?

— En quelque sorte, a-t-il souri, condescendant. C'est mon binôme.

— Pas mal, votre français, lui a répliqué Maxime. Surtout l'accent.

— Mais je *suis* français !

— Ah bon ? Vous venez d'où ?

— Bourgogne. La côte de Nuits. Et vous ?

— Poitou-Charentes. La MC Saint-Martin.

Visiblement, ça ne lui évoquait rien. Pauline a haussé un sourcil dans ma direction pour que je fasse dévier la conversation.

— Vous ne connaissez pas ? a relancé Maxime en toisant le binôme avec un sourire suave.

— Non, je l'avoue. C'est de quel côté ?

— L'île de Ré.

— J'adore. J'y ai passé des vacances.

— Moi aussi. En fait, je sors de centrale.

— Ingénieur ?

— Détenu.

Dans l'incapacité manifeste de savoir si c'était du lard ou du cochon, le diplômé s'est tourné vers moi avec le même sourire.

— Et vous, vous écrivez, c'est cela ? Vous êtes spécialisé dans un domaine en particulier ?

— Les moquettes.

L'ex-pensionnaire de la centrale de Ré a hurlé de rire, tout ravi que je prenne son parti en chambrant le binôme. C'était le moyen le plus immédiat que j'avais trouvé pour le désamorcer.

— Bonne journée, nous a dit le Bourguignon en mettant le cap sur un couple de professeurs, vert pomme et rose framboise, qui plaisantaient devant une cour de lauréats éblouis.

— Peut-être pas indispensable, nous a fait remarquer Pauline avec la bouche en coin. À plus tard.

— Qu'est-ce qu'on peut changer ! a sifflé Maxime entre ses dents, dès qu'elle a eu le dos tourné. T'as vu son air bêcheur, le petit côté Bordeau-Chesnel – tu sais, la pub pour les rillettes : « Nous n'âvons pas les mêmes vâleurs. » Je suis malheureux, Farriol. Dans ses lettres, elle faisait illusion.

— C'est aussi à nous de nous adapter, ai-je plaidé.

— J'étais sûr que je lui ferais honte ! J'aurais dû te laisser venir seul.

— Pourquoi tu dis ça ? Elle est émue de nous revoir, c'est tout. Mais on détonne un peu dans le contexte...

— Elle n'a même plus ses *kuàizi*, a-t-il ronchonné avec un air puni.

— Ses... ?

— Ses baguettes du restau chinois ! s'est-il énervé devant mon absence d'écho.

J'ai revu soudain les deux longues aiguilles en bois clair qui maintenaient le chignon de Pauline pendant qu'elle faisait l'amour sur moi.

— C'était encore plus fort que sa culotte, comme symbole entre nous, a-t-il rabâché tristement.

Et il m'a raconté le jour où la police était venue l'arrêter entre les nems et le porc laqué. Il avait donné ses baguettes à Pauline en lui disant de manger pour deux : c'était un malentendu, il serait de retour au dessert.

— Tout le temps que j'étais en prison, elle les a portées comme épingles à cheveux, elle me disait, a-t-il souligné avec amertume.

— Mais tu es libre, maintenant : ce n'est plus le symbole de rien.

— Quand même. Un jour comme aujourd'hui, avec moi dans la salle, elle aurait pu mettre ses baguettes. Non ? Pour me rendre hommage.

— Maxime... c'est pas vraiment toi, le héros de la fête.

— J'sais bien... J'dis n'importe quoi, fais pas attention, j'suis nul.

Et il a vidé la septième ou huitième coupe du mousseux qui circulait sur des plateaux.

— Elle est avec lui, tu crois ? a-t-il repris en congelant du regard Superman junior.

— Pourquoi ? ai-je grincé. Il est beau, il est bien élevé, il est brillant : je ne vois pas ce qu'ils auraient en commun.

— Je déconne. Il doit être gay. T'appellerais ta meuf « un binôme », toi ?

— Non, mais je suis un littéraire.

— Je veux en avoir le cœur net.

Le temps que j'essaie de le retenir, il avait foncé sur le lauréat qui discutait avec Pauline et les deux professeurs aux toges criardes.

— Vernoille, ça se prononce Vernouille ? lui a-t-il lancé en le retournant vers lui.

— Je vous demande pardon ?

— La rue de la Trémoille, à Paris, ça se dit la Trémouille. Vous êtes cousins ?

— Pas à ma connaissance, a modulé le binôme avec mansuétude.

— Révise ton arbre généalogique, Riquette, il te manque une branche.

— Je m'appelle Aymeric, monsieur. Je n'apprécie guère la féminisation.

— Ah bon ? T'aimes pas les homos ?

— Je ne vous jette pas la pierre, mais ne vous prenez pas non plus pour la norme.

Pauline a tourné vers moi un regard où l'alarme le disputait au reproche. Je suis venu récupérer Maxime en précisant qu'il était belge. La première chose qui me soit venue à l'esprit pour créer diversion.

— Maxime De Pleister ! a-t-il aboyé en guise de confirmation au nez du rival présumé.

— Noblesse de robe wallonne ? s'est enquis l'autre avec une déférence narquoise.

— Non, paysannerie de Flamands couillus. Tu me cherches, Vernouille ?

— *Sorry*, a glissé Pauline aux deux cyber-enseignants qui essayaient de décoder avec des sourires avenants le comportement des *Frenchies*.

Et elle nous a pris par le coude pour nous entraîner à l'extérieur de la tente.

— Je me fais suer autant que vous, les garçons, mais c'est mon univers et c'est mon avenir. D'accord ?

Désignant le vert pomme et la rose framboise qui parlaient à son binôme, elle a précisé :

— Lui, il a inventé les logiciels espions et elle, c'est la plus grande spécialiste mondiale en traçabilité des algorithmes. Ils ont dirigé ma thèse, alors vous me laissez verrouiller mes cibles et je vous rejoins à Rewley House à 21 heures. Préparez-moi un repas de fête : c'est avec vous que je dîne. Et c'est pour ça que je cloisonne. *Bye.*

Elle a pivoté dans une envolée de toge qui a dévoilé ses jambes sublimes. On est restés comme deux ronds de flan à la regarder reprendre sa cour auprès des sommités de la planète Web.

— On est des nains, a murmuré Maxime.

— Mais on a notre charme. La preuve.

— Allez viens, on va faire les courses.

Il m'a pris par les épaules et on a quitté le monde de l'université pour retourner dans la civilisation.

À 21 heures précises, une sonnette a retenti au bas de notre escalier de cave.

— Merde, elle est en avance ! s'est affolé Maxime qui bataillait avec sa mayonnaise pour l'empêcher de tourner.

Effarés par les couleurs fluo de la nourriture anglaise, on avait fini par acheter trois homards surgelés qui bouillonnaient depuis une demi-heure dans une marmite de margarine. J'ai retiré mes mains de la salade de concombre où j'essayais de récupérer la capsule du vinaigre, et je suis allé ouvrir à Pauline. Elle portait un fourreau de soie mauve et une bouteille de bourgogne. Son chignon en cours d'éboulement était maintenu par ses baguettes chinoises. Elle a déposé un baiser papillon sur mes lèvres.

— C'est Maxime qui va être content, ai-je dit à contretemps, pour maîtriser mon émotion.

— Putain de chierie d'enfoirés, je comprends la guerre de Cent Ans ! ont résonné les murs de la cuisine.

— Il va... bien ? s'est-elle inquiétée avec un plissement de paupières éloquent.

— À part la mayonnaise, oui.

— Je vous préviens : ça sera ketchup-moutarde, a décrété Maxime en nous rejoignant dans le couloir. C'est de l'huile de vidange qu'ils récoltent, c'est pas possible ! Salut, mon amour. J'ai même pas félicitée.

Et il s'est jeté sur elle pour lui rouler une pelle aux normes françaises. Elle s'est laissé faire en me tendant la bouteille.

— Ah bon, il fait du vin, aussi ? me suis-je crispé, le regard sur l'étiquette.

Maxime s'est détaché pour venir lire au-dessus de mon épaule.

Gevrey-Chambertin – Domaine de Vernoille.

Son commentaire a été plus sobre que prévu :
— Sympa de sa part. C'est du vin web ?
— Sa famille lui a confié la gestion du domaine, a confirmé Pauline. C'est un génie de l'interface, moi je suis plutôt *software*.
— *Nobody's perfect*, a conclu Maxime de son plus bel accent flamand. Ne me dis pas que c'est les baguettes de notre chinois de la rue des Bauges. Tu les as toujours ?
— Je suis assez conservatrice, a-t-elle dit en nous unissant du regard.

Avec un triomphe pudique, il a baissé les yeux vers la bouteille au bout de mon bras.

— On attaque la piquette du génie, ou on la garde pour le fromage ?
— Qu'on a oublié d'acheter, lui ai-je rappelé.

— C'est bien ce que je dis. Champagne !

Il est retourné dans la cuisine, lui a déclaré à distance qu'elle était la reine du monde et qu'elle ne ferait qu'une bouchée de son *software*.

— Tu n'as pas changé, m'a dit Pauline.

J'ai bredouillé merci, et qu'elle était encore plus belle qu'à Saint-Pierre-des-Alpes.

— C'est le climat. Vous êtes bien installés ?

Je n'ai pas pu répondre tout de suite. Un mélange de désir fou et de désespoir total me submergeait, devant ce qu'elle était devenue. Maxime aussi, quelle que soit la part de mythomanie gonflant l'influence dont il se créditait, avait tenu les promesses de sa nature et atteint ses objectifs. Moi, *je n'avais pas changé*. Ce compliment bateau, je le ressentais, face à eux, comme le plus cuisant des échecs. J'étais le même, oui. J'avais renoncé à vivre de ma plume pour poser à plein temps des moquettes qui m'ôtaient la force d'écrire en dehors du week-end, et pourtant personne ne me trouvait altéré, trahi, détruit. Preuve que ma passion d'enfance n'était pas aussi vitale que je l'avais cru. Il ne me restait rien. Sinon un sparadrap qui s'était collé à mes basques le temps d'une escapade et un joli souvenir révolu – une maîtresse d'un soir qui, pourvue d'un des diplômes les plus prestigieux du monde, allait entamer une carrière de rêve au milieu des requins et des aristocrates du vin.

— C'est moi qui ai choisi cette suite, m'a précisé Pauline en glissant ses doigts dans les miens. On va dire adieu au passé, ce soir.

C'était bien mon problème. Même si le velouté de sa voix exerçait déjà sur moi le pouvoir éphémère des sirènes, l'« adieu au passé » ne faisait que souligner mon absence de futur.

— Dom-pérignon rosé 95 ! a clamé Maxime en se dirigeant vers la table de jardin que nous avions dressée dans le salon, quand l'éclaircie du crépuscule avait tourné à l'orage. Ça coûte une blinde, ici, mais la bouteille est consignée. Quoi, qu'est-ce que j'ai manqué ?

Il nous interrogeait du regard dans un mouvement d'essuie-glace. Le bouchon de champagne qu'il continuait machinalement de triturer a sauté au plafond. Il a couru emplir les verres en Pyrex qu'on avait trouvés dans le placard. On a trinqué à l'avenir de Pauline, à la liberté de Maxime, au succès de mon prochain livre. L'ambiance est retombée aussitôt. Comme si ma crise de lucidité existentielle les avait gagnés par contagion, transformant les vœux en chimères hypocrites. Pauline semblait soudain douter de son avenir et Maxime remettre en question la notion de liberté.

Elle s'est assise face au jardin qui gouttait dans le soleil couchant. On a pris place autour d'elle. Le silence s'est installé dans nos regards. J'ai voulu aller chercher ma salade de concombre. Elle m'a retenu. Ses ongles effleuraient nos phalanges entre les assiettes. Elle a soupiré :

— Il faut que je vous avoue quelque chose, les garçons. Demain après-midi, je me marie.

La stupeur a figé nos mains sous ses doigts.

— Ici ? ai-je dégluti au bout de dix secondes, comme si le choix du lieu pouvait dépassionner le sujet.

— Avec ça ? a laissé tomber Maxime en désignant du menton le gevrey-chambertin.

— Pas seulement. C'est un homme extraordinaire, brillant, très droit...

— Et nous, a-t-il abrégé, on est des nases.

— Je n'ai pas dit ça, Maxime. Vous, vous êtes mes amis. Sinon, je ne serais pas là.

Il a repris sa main pour vider sa coupe. Je l'ai imité.

— En plus il est bouchonné, m'a-t-il jeté au visage.

C'était complètement faux, mais j'ai validé le détournement de colère. Pauline a repris en se calant au fond de sa chaise :

— Je vais vous demander – vous proposer, pardon – une chose qui va vous paraître un peu dingue, mais...

— Garçons d'honneur, non merci, a coupé Maxime.

Elle a poursuivi sans relever :

— ... je n'ai pas trouvé d'autre moyen de vous dire que je vous aime, que vous êtes liés à moi pour la vie tous les deux et... que je ne peux pas concevoir de préférer l'un ou l'autre...

— C'est pour ça que tu en épouses un troisième, a-t-il résumé avec un rictus amer.

— Laisse-la parler, ai-je ordonné.

— Je l'épouse parce qu'il me l'a demandé, et que je n'ai trouvé aucun argument pour lui dire non.

— Mais tu ne l'aimes pas.

Ma déduction hâtive a sombré dans le petit plissement gêné au coin de ses lèvres.

— Pas comme je vous aime, en tout cas. Lui, ce ne sera jamais mon ami. Ce sera le père de mes enfants.

On a observé le silence. Au sens propre. Seul le clapotement des homards dans le court-bouillon de margarine rythmait nos réflexions.

— Nous aussi, on peut se reproduire, a signalé Maxime.

— Oui, mais vous ne pouvez pas cumuler. Et moi je veux vous garder comme amis. Ce que ne doit pas être un père. L'ami, c'est celui qui est toujours là, quoi qu'il arrive.

— Tu sais que tu fais légèrement chier avec tes principes ?

— Laisse-la parler, ai-je répété. Ça nous mène où, tout ça, Pauline ?

Elle a poussé un long soupir, et cherché ses mots dans le bouchon de liège qu'elle effritait avec ses ongles.

— Je suis venue enterrer ma vie de jeune fille. Avec vous deux.

On a évité de se regarder tout de suite, Maxime et moi. On ne savait de quelle manière réagir. Ni comment enchaîner. Tandis que mes yeux descendaient sur sa poitrine dont on ne voyait que le volume sous le fourreau de soie opaque, il a choisi la dignité blessée :

— J'aimerais comprendre, Pauline. Tu veux tirer un coup ou tu veux tirer un trait ?

— Disons, une synthèse.

Elle a ponctué le mot d'un très léger clappement. La lueur coquine dans ses yeux m'a fait oublier tout le reste. J'ai posé la main sur sa hanche. Maxime lui a jeté, agressif :

— C'est tout ce qu'on est pour toi, alors ? Une synthèse à tirer. Remarque, le Farriol, ça n'a pas l'air de le déranger. Il s'en fout : il se contente du court terme.

J'étais soufflé. Dans un moment pareil, il n'allait quand même pas nous faire la morale ? Si. Il s'est retourné vers Pauline :

— Et toi, le père de tes enfants, ça te gêne pas de le tromper ?

— Je ne le trompe pas. C'est un catholique très rigoureux : il ne me fera l'amour qu'après le mariage.

— Rigoureux, c'est ça. Et lui, comment il est en train de l'enterrer, là, en ce moment, sa vie de garçon ? Il joue aux fléchettes dans un *pub* avec ses potes ? Ou ils se partagent une strip-teaseuse ?

— C'est pour ça que je suis là, Maxime. Tout est permis, ce soir. Pour la dernière fois.

Il s'est retrouvé à court d'arguments. Il s'est resservi une coupe, l'a regardée sans la boire. Nous éprouvions la même émotion, à présent. Je l'ai laissé continuer à s'exprimer pour deux :

— Bref, t'es en train de nous dire que, cette nuit, on a une fenêtre de tir.

— Groupé, a-t-elle souri en glissant une main sous la table.

Le léger froissement nous a ramenés cinq ans en arrière. Aggravant son cas par une préméditation flagrante, elle a placé entre nous sur la nappe la petite culotte bleue à pois blancs de la librairie Voisin. Comme on dépose une mise sur une table de jeu.

— Ensemble, a-t-elle ajouté d'une voix un peu rauque.

Je me suis senti rougir en observant la teinte cramoisie que prenait Maxime.

— Ensemble... ensemble ?

Elle n'a pas répondu. Elle s'est levée, elle a descendu la fermeture latérale de son fourreau, levé les bras pour qu'il tombe à ses pieds. Elle a enjambé la flaque de soie, quitté ses chaussures et dégrafé son soutien-gorge qui a rejoint la culotte sur la table. Puis elle est allée éteindre le gaz sous les homards.

— Elle me sidère, a chuchoté Maxime en retirant ses boots. J'aurais jamais cru ça d'elle. Et pourtant, quand on vivait en couple, on n'y allait pas avec le dos de la cuillère...

J'ai battu en retraite, angoissé :

— Je l'sens pas, Maxime... C'est pas du tout mon truc.

— Moi non plus – enfin si, mais à deux filles. Hé, t'as pas le droit de flancher ! m'a-t-il recadré soudain avec une ardeur de coach. Elle a été claire : on la joue en double ou y a pas de match. Ç'avait pourtant l'air de te brancher, y a dix secondes.

— Oui, mais non. L'un après l'autre, d'accord, mais là... J'ai pas ton expérience, moi, je suis très classique. Je m'attends au pire.

Il m'a pris sous les aisselles pour me décoller du sol.

— Tu seras le meilleur.

*

Quand elle est revenue, on finissait de déplier le canapé-lit.

— Vous êtes encore habillés ? Vous allez me vexer.

Elle s'est allongée sur le drap-housse, face à nous. Elle a croisé les jambes en caressant doucement ses seins, les a montés jusqu'à sa langue. J'ai retiré avec une lenteur concentrée ma chemise et mon pantalon, tandis que Maxime arrachait tout. Soudain ses doigts se sont immobilisés sur l'élastique de son slip. Il s'est retourné vers moi, qui attaquais mon dernier bouton de braguette.

— Tu te mets face au mur, s'te plaît. Ça me rend nerveux, depuis l'île de Ré. Tu comptes jusqu'à cent, et tu nous rejoins.

Le front contre le papier peint, j'ai joué le jeu, mort de désir et de fou rire contenu. Leurs gémissements de plaisir ne me dérangeaient même pas, m'excitant à un point que je n'aurais jamais imaginé.

— *Mijn zootje*, couinait Maxime en boucle.
— Viens maintenant, viens ! a lancé Pauline.

Il a fallu que j'entende mon nom pour comprendre que c'est à moi qu'elle s'adressait.

J'interromps le compte à rebours, j'ouvre les yeux, me retourne en ôtant mon caleçon. Elle chevauche Maxime, déchaînée. En travers du matelas, il tape du plat des bras comme un catcheur au tapis qui essaie de se libérer d'une prise. Elle l'immobilise soudain, pivote la tête vers moi.

Je m'approche, mon sexe à la main. Avec une impatience fébrile, elle déballe l'un des préservatifs étalés sur le drap, me l'enfile à tâtons en dévorant ma bouche. Je croise le regard de Maxime qui, figé dans le corps de Pauline, m'adresse un sourire bienveillant, tandis qu'elle me guide vers ses fesses avec des mots d'une douceur crue.

— C'est une première, me suis-je excusé.

— Moi aussi, a-t-elle répondu pour me mettre à l'aise.

Et, de tendresse en bestialité, de connivence en perte de contrôle, on a fini par jouir en chœur tous les trois au bout d'une éternité qui m'a paru trop courte.

La chaleur d'un rayon de soleil m'a réveillé dans nos bras. On s'est détachés brusquement en découvrant que Pauline n'était plus là.

— Je le crois pas ! s'est indigné Maxime. Il est quelle heure ?

— Midi.

Les sous-vêtements n'étaient plus sur la table, robe et chaussures avaient disparu. Il s'est arraché du canapé-lit en criant son nom, a fouillé les autres pièces, cherché un mot d'amour, une lettre d'adieu, un clin d'œil. Rien.

Affamés, courbatus, on a bu un thé en mangeant les homards froids. Et, le nez dans nos couverts de la veille, on a dressé le bilan de la situation. Pas un mot sur la nuit torride et poignante où le bonheur de notre union était une évidence sans fin. C'est tout le reste qui posait problème.

— Je la connais mieux que toi, Farriol : quand elle a décidé un truc, c'est foutu. Même, je vais te dire, c'est pas pour prendre son pied qu'elle a voulu que je la saute, c'est pour affirmer sa décision. Tu crois

171

qu'elle se lâche, rien du tout : elle scelle un pacte. Avec elle-même. Rien qu'elle-même. Je suis même pas un dernier coup, je suis un cachet de cire !

— Et moi, comment tu me situes dans le paysage ?

— Écoute, la face Nord, je veux pas te faire de peine, mais c'est pas toi le problème. Pourquoi tu crois qu'elle t'a invité, à ton avis ? Tu servais de fusible.

J'ai aspiré ma patte de homard pour éviter de lui rire au nez.

— Ah oui ?

— Elle a décidé de se marier, et pof ! je sors de prison. Alors que, normalement, j'ai encore minimum huit ans à tirer. La cata. Elle fait quoi ? Elle m'aime encore mais elle n'y croyait plus et le temps passe, horloge biologique et tout, alors elle a dit oui au binôme en pensant qu'elle ne trouverait pas mieux dans le genre fiable, et qu'il faut bien faire une fin. Et, en même temps, elle ne peut pas s'empêcher de me revoir une dernière fois. Alors elle t'invite avec moi, pour ne pas disjoncter en cas de surtension.

J'ai objecté :

— Mais peut-être qu'elle m'aime aussi. Ou qu'elle m'aime *moi*. Et c'est toi qui as servi de fusible.

Il se tait, médite, me prend des mains le casse-noix, conclut :

— De toute façon, fusibles ou pas, on est grillés. On était à usage unique, mon pote. À quoi on peut lui servir, aujourd'hui, dans sa vie ? Tu sais créer un logiciel, toi ? Tu sais craquer les codes du Pentagone et de Google, tu sais envoyer des virus au Japon pour déclencher un krach boursier ? Moi je suis condamné à faire chanter les politiques en prélevant des indem et des com, toi tu es juste un rêveur. On est dépassés, mon vieux. Il nous reste quoi ? Mes pauv' magouilles et tes p'tits bouquins. Mon catalogue d'hôtesses et tes groupies, quand on voudra tirer un coup à la mémoire de Pauline. Ça m'écœure, tiens, qu'elle ait trouvé le bonheur avec ce Playmobil.

— Peut-être qu'elle n'est pas heureuse. Peut-être qu'elle nous joue la comédie. Qu'elle se force, qu'elle se résigne...

Il a brisé sa patte de homard en répliquant :

— Ça serait pire.

Les crustacés nettoyés, il a repoussé sa chaise, annoncé :

— On se casse.

Pendant qu'il était sous la douche, je me suis mis à la place qu'avait choisie Pauline, la veille. J'ai laissé mon regard balayer la petite allée du jardin semée d'herbes folles, comme si je cherchais l'inspiration dans les plantes vivaces, la rocaille, la tonnelle, le cytise jaune étouffé par les grappes de glycine. Et j'ai su que je reviendrais ici, un jour. 9, Wellington Square. C'était le plus beau lieu d'écriture que j'aie jamais connu, et je n'y avais rien écrit. Je me suis fait une promesse. Et le charme de ma nuit est revenu dans les larmes de joie qui brouillaient le paysage.

— Grouille-toi, Farriol, je t'attends dans la rue.

La porte a claqué. J'ai pris tout mon temps. J'ai débarrassé la table, vidé les assiettes, fait la vaisselle comme si j'étais chez moi. Entre mes deux nuits d'amour avec Pauline, mon roman se reconstruisait dans ma tête. Pour Maxime, c'était la fin d'une illusion. Pour moi, c'était le début d'un renouveau.

*

Marche au soleil le long des canaux, rêveries dans les immenses parcs autour des universités médiévales, tasse de thé clandestine parmi les étudiantes à la cafétéria de Magdalen College, sous les platanes au bord de la rivière traversant leur campus... Pourquoi rentrer déjà en France ? Pourquoi ne pas épier à distance les noces de Pauline, prévues sous les frondaisons de la Turf, cette taverne ancestrale à multiples cours et terrasses que j'avais repérée tout à l'heure, au hasard de mes flâneries, alerté par l'inscription *Closed for wedding*. Oui, c'était bien ici le mariage *De Vernew*, m'avait confirmé le vieux monsieur qui accrochait les décorations dans les branches. Un couple de culs-serrés faisait les plans de table. Selon toute apparence, les parents du binôme. J'en savais assez, hélas, sur l'avenir programmé de Pauline. Autant l'attendre dans mon livre.

Le parking des *Oxford Tubes* était désert quand j'ai fini par le retrouver. Maxime avait dû prendre un des bus précédents. Je me suis installé au fond de celui qui partait un quart d'heure plus tard, et j'ai dormi jusqu'à Londres. Jamais je ne m'étais senti aussi léger. Et mon euphorie se nourrissait autant de la nuit passée que des projets qui tournaient dans ma tête. Mon roman serait une structure d'accueil, un canot de sauvetage que j'enverrais un jour à Pauline si, comme je l'escomptais, son mariage prenait l'eau. Nos prochaines retrouvailles étaient devenues, en quelques heures, le but de ma vie.

*

J'ai récupéré Maxime à la gare de Waterloo. Il était d'une humeur de dogue. Il avait manqué à trois minutes près le précédent Eurostar, et j'arrivais juste à temps pour le prochain.

— Si tu as revu Pauline sans moi, je te tue.
— J'ai l'air ?

Il n'a pas insisté. Dans le wagon bondé qu'il n'a même pas tenté de vider, il s'est mis à ressasser la situation en face de moi. Plongé dans mon manuscrit pour faire écran, j'acquiesçais machinalement quand il me prenait à témoin.

— Bon, y a pas trente-six solutions : je m'adapte. En tout cas, je m'aligne. Et tu me suis. C'est la dernière chance qui nous reste. Voilà le topo : on se marie nous aussi, on fait des gniards et, le jour où elle en a marre de son binôme, on la divorce, j'achète une île en Bretagne et on fusionne nos trois familles.

J'ai relevé le nez du nouveau plan de mon roman.

— Une île. Ça ne t'a pas suffi, cinq ans d'île de Ré ?
— J'exorcise, justement. Je convertis. C'est ça, le secret de la vie : donner du bonheur avec ce qu'on a connu de pire. Tu vois, la seule erreur d'Alfred Dreyfus, c'est ça. Comme moi, quand on l'a réhabilité, il avait les moyens de faire chanter tous ceux qui l'avaient envoyé au bagne en sachant qu'il était innocent. Mais non.

Il s'est laissé décorer à l'endroit même où on l'avait dégradé douze ans plus tôt, en disant merci, comme si rien ne s'était passé. Je comprends pas. Au lieu de finir comme un gentil retraité en fermant sa gueule gratos, il aurait pu taxer l'armée et le gouvernement pour une bonne cause, non ? Leur faire subventionner une fondation contre l'antisémitisme et l'erreur judiciaire, des trucs comme ça... Moi je les fais cracher pour les Restos du cœur, Handisport, Alzheimer, l'épilepsie, la rénovation des prisons...

— Écoute, Maxime, tu réagis comme tu veux ; moi, je le fais par écrit.

— Justement ! On n'a pas le droit de se planter. C'est capital, ce que tu es en train de pondre, Farriol, c'est le livre de ta vie ! Pas question qu'il plafonne à neuf cent quatre exemplaires comme le précédent – je me suis renseigné. Faut que tu sois connu avant de publier, maintenant. Un roman, c'est comme une campagne électorale. Si tu attends les bras croisés devant l'urne, tu es mort. Et pour se faire un nom, aujourd'hui, crois-moi, y a que la télé. Et une love story spectaculaire qui t'ouvre les pages people.

Je l'ai laissé dire. Il s'est penché sur son portable pour envoyer des textos, et j'ai pu continuer la restructuration de mon intrigue.

À la sortie du tunnel sous la Manche, je me suis réveillé en sursaut. Il était plongé dans mon manuscrit. Je lui ai arraché les pages, furieux.

— Je t'avais dit de ne pas lire, c'est juste un brouillon !
— T'inquiète : on déchiffre un mot sur trois. Pourquoi tu m'as appelé Fred ?

— Pour protéger ton identité. Comme j'ai mis les Baumettes à la place de Saint-Martin-de-Ré.

— Je déteste les abréviations. Les types qui m'ont appelé Max, ils ne sont plus là pour s'en vanter. Non, je rigole. Mais c'est mieux si tu écris «Frédéric». Tu m'as déjà coupé la bite sur une photo, n'ampute pas en plus mon prénom.

J'ai précisé que c'était juste une abréviation à usage interne, pour gagner du temps lors de la rédaction. Il a pris acte, non sans faire observer que Pauline, elle, je l'appelais Mélanie et pas Mél.

— Tu me lâches ?

— Moi, c'est dans ton intérêt. Je te signale aussi que les Baumettes, c'est un centre pénitentiaire et non une maison centrale adaptée aux longues peines. Ce n'est pas crédible, ton truc.

— Merci, ai-je dit en prenant une note.

— À ton service.

Gare du Nord, deux somptueuses filles en tailleur Chanel attendaient en tête de train, avec une pancarte semblable à celle d'un taxi réservé : *M. Quincy Farriol.*

— Je les ai mises à ton nom, c'est plus discret pour moi et ça te fait de la pub.

— De la pub ?!

— Ça interpelle ton lecteur encore mieux que ça, a-t-il ajouté en désignant les visages d'écrivains de gare placardés pour les départs en vacances. Laquelle tu veux ?

Je me suis arrêté sur le quai, fatigué. Je lui ai répondu sèchement que nous n'avions pas les mêmes méthodes :

pas question pour moi d'oublier Pauline dans les bras d'une pute.

— Surveille ton langage, merci. Tu dis *hôtesse*. Barbara et Marie, c'est du très, très haut vol. Je les emploie pour les ventes d'Airbus, les accords internationaux, les plans de paix...

— Arrête avec ton numéro de mytho.

— Mais comment tu crois que ça marche, un pays ? C'est les mecs comme moi qui font le boulot des politiques. Parce qu'on peut nous faire confiance, à nous. On a payé pour le prouver.

— Mais tu es quoi, exactement, Maxime ? Un mac ?

Il a poussé un long soupir en raccrochant la bandoulière de sa mallette.

— Pour un écrivain, t'as parfois un vrai problème de vocabulaire. Marie a fait l'ENA, Barbara est en dernière année d'HEC. J'ai hérité d'un réseau d'influence, moi, c'est tout. J'assure sa pérennité et son développement. Les partenaires italiens du Président avaient tenu à me remercier de ma loyauté ; il faut que je sois à la hauteur de leur confiance. C'est les deux seules célibs qui restent dans mon panel, et de toute façon je dois les marier, question de couverture et de bienséance. Choisis laquelle tu épouses.

— Je t'emmerde.

Coude bloqué, il m'a plaqué contre le flanc de l'Eurostar.

— C'est pas une diversion, Farriol, c'est un remède ! Je supporte pas, moi, d'être largué après toutes ces années par la seule femme que j'aie jamais aimée, juste au moment où elle ne risque plus rien en faisant sa vie avec moi, ça me rend malade, ça me fout par terre, OK ? Alors je réagis avec les moyens du bord.

Il m'a lâché. Je suis reparti sur le quai, les doigts crispés sur le cartable qui contenait mon remède à moi. Le seul antidote de ma vie. À la fois médicament et poison.

Il m'a talonné pour me demander pardon.

— C'est pas contre toi, je veux juste que tu deviennes quelqu'un, Farriol. Et que tu la rendes jalouse. Pour son bien. Qu'elle comprenne ce qu'elle perd, en te voyant dans *Match* au bras d'une fiancée de ce calibre. Comme ça tu te venges et tu te consoles.

J'ai pris sur moi pour articuler avec une douceur persuasive :

— Je suis dans le même état que toi. Imaginer Pauline en mère de famille avec ce type, ça me bouleverse. Mais je ne veux pas me venger, ni me consoler. Juste creuser la douleur de l'avoir perdue.

— On ne l'a pas perdue, a-t-il murmuré pour lui-même, le front bas. On attend qu'elle nous revienne, c'est tout.

— Mais on n'a pas la même salle d'attente.

J'ai salué de la tête les demoiselles qui portaient mon nom, et je suis rentré chez moi en métro.

Je n'ai pas revu Maxime pendant près d'un an. Il m'a appelé une seule fois, quelques jours après notre dispute à la gare du Nord, pour me signaler que Pauline était rentrée en France avec son mari. J'étais en train d'écrire une lettre de réclamation aux impôts en mangeant une boîte de raviolis dans ma cuisine. J'ai répondu que ce n'était plus mon problème.

— Et ton livre, il avance, j'espère ? Dès que tu veux mon avis, tu me l'envoies au siège social de Sofitel, à Évry. Ils savent toujours où me faire suivre le courrier.

— Je crois qu'il vaut mieux que nos chemins se séparent, Maxime.

Il y a eu dans mon oreille cinq secondes de bruits de vagues et de jet-skis. Il devait être à Saint-Tropez ou en Corse, pour ses affaires. Il a répliqué d'un ton blessé :

— Tu crois ce que tu veux. Si tu changes d'avis, tu as mon portable.

En raccrochant, je me suis senti beaucoup mieux. La pression que le sparadrap exerçait sur moi depuis qu'il était sorti de prison se relâchait soudain. À nouveau j'étais libre. Libre de gratter ma plaie. Libre de mener ma vie à ma guise et dans mon sens. Du moins, je le croyais.

Une fois ma restructuration achevée, j'avais prévu de boucler mon roman en six mois, Clichy-Moquette m'ayant accordé un congé sans solde. Mais mon éditeur m'invita à déjeuner pour me transmettre une offre dont il était le premier surpris : une productrice venait d'acheter les droits audiovisuels de mon précédent livre, et elle souhaitait que j'en assure l'adaptation pour la télé. Le seul problème, c'était l'urgence. Il y avait une opportunité de tournage au printemps prochain avec une grande vedette populaire dans mon rôle ; il fallait donc se mettre au travail d'arrache-pied.

— Vous êtes libre, là, tout de suite ?

Ça sentait le Maxime à plein nez. Mais comment refuser ? D'autant qu'un court-circuit venait de détruire à moitié l'atelier de Montparnasse : Louise et sa peintre étaient obligées de se replier sur Montmartre, et il ne me restait plus qu'à prendre une chambre d'hôtel, le temps de trouver une location.

Grâce à la signature de mon contrat d'adaptateur, je pus m'installer dans un deux-étoiles quelques rues plus bas. Ma table de travail donnait sur la rumeur piétonnière d'une jolie place touristique, dont les pavés pentus cassaient chaque jour deux ou trois cols du fémur. C'est dans ce décor de carte postale que, plein d'allant, j'interrompis la reconstruction de mon livre en cours pour déconstruire le précédent. Ce ne serait qu'une parenthèse alimentaire, me disais-je, le cœur léger. L'une des plus lourdes erreurs de ma vie.

*

Au bout de huit mois, je remis une première version de mon adaptation dont j'étais plutôt content. Je fus le seul. La productrice venait de me transmettre les corrections de la chaîne concernant mon point de vue sur mes propres personnages, lorsque je reçus, via mon éditeur, un nouveau faire-part. Cette fois-ci, je l'ouvris aussitôt.

Le marquis et la marquise Sébastien de Vernoille,
Le comte et la comtesse Aymeric de Vernoille
ont l'honneur et la joie de vous annoncer
la naissance de leur petit-fils et fils
Sébastien de Vernoille.

Au-dessous des armoiries de la famille, Pauline avait ajouté dix lignes manuscrites, à côté de la photo du nourrisson attachée par un trombone au faire-part :

J'aurais adoré vous prendre pour parrain et marraine. Hélas, dans la famille d'Aymeric, c'est le père qui choisit le parrain, et il ne peut y avoir qu'une seule marraine, de sexe féminin. Alors, vu qu'il a pris son cousin, je me suis sentie obligée de choisir sa cousine. Ça leur fait tellement plaisir. Mais comme ce sont deux vrais plats de Vernouilles, je nomme officieusement chacun d'entre vous « shadow godfather », si jamais un jour Séb a des problèmes dans la vie.

J'espère que vous êtes heureux comme je le suis. Je ne vous oublie pas, les garçons. Au contraire. Mais par égard pour mon mari, on va dire, restons-en là.

Votre Pauline

Je relisais ces mots pour la cinquième fois lorsque Maxime m'appela :

— Tu as reçu ?

— J'ai reçu.

— Ôte-moi d'un doute, Farriol. Tu ne l'as pas revue, depuis Oxford ?

— Toi non plus ?

— Tu l'aurais su. *Shadow godfather*, ça veut dire « parrain fantôme » ?

— Je suppose.

— Rendez-vous au Sofitel de Roissy-Charles-de-Gaulle dans une heure.

*

À l'étage nommé *Executive Floor*, Maxime occupait une suite gigantesque en style Pompéi revisité feng shui. Il m'a ouvert en peignoir de bain, cigare éteint aux lèvres. Des piles de dossiers s'entassaient sur les tables basses et les canapés blancs, devant les baies vitrées donnant sur l'aéroport.

— C'est là que tu vis ?

— Ça me sert de base. Je suis toujours entre deux avions ; c'est plus pratique et ça évite de mariner dans le passé.

J'éprouvais une empathie assez désagréable. Ça me plombait le moral de voir que, l'espace mis à part, nous nous étions tous les deux retranchés dans le même genre de cadre impersonnel, avec nos souvenirs au garde-meuble.

— Fais voir.

On a comparé les faire-part, avachis dans des fauteuils bulles au-dessus des avions qui tournaient sur les pistes. Le texte d'accompagnement était identique, à une faute d'orthographe près.

— Séb, c'est bien, a marmonné Maxime.

On tirait des tronches d'obsèques. Il a fini par me demander, en triturant la photo du nouveau-né :

— Tu as compté les semaines ?

— J'ai.

— Une fuite de capote à Oxford, c'est possible. Tu y as pensé, je vois bien. Et si ce n'était pas son fils à lui ?

Je me suis désolidarisé de son tourment. Au niveau de mon rapport avec Pauline, l'hypothèse n'avait pas droit de cité. Je me suis simplement permis de faire observer que, si elle s'était posé la question, elle l'en aurait informé.

— Ou pas. Tu te rappelles ce qu'elle a dit en nous parlant du Playmobil ? « Un père, ça doit pas être un ami. L'ami, c'est celui qui est toujours là, quoi qu'il arrive. »

J'ai écarté les mains pour clore le débat. Si tel était le cas, si Pauline avait des doutes et les gardait pour elle, on ne saurait jamais la vérité.

— Tu me conseilles pas de demander un test ADN, quoi, a-t-il déduit de ma réaction.

— Pas vraiment.
Il a tordu le faire-part en arc de cercle, dans les deux sens. Puis il a laissé tomber d'une voix d'outre-tombe :
— Qu'est-ce qu'on fait, on répond ?
— On répond. On félicite et on se réjouit.
C'est ce qu'on a fait. On a reçu des dragées.

J'ai passé l'année suivante dans un cauchemar récurrent qui s'appelait un atelier d'écriture. Les conseillers fiction de la chaîne, jugeant que j'étais un adaptateur trop novice pour savoir suffisamment casser mon œuvre initiale, m'avaient adjoint un quarteron de *script doctors* péremptoires et versatiles qui autopsiaient, disséquaient et reconditionnaient sans fin mon scénario en fonction des téléfilms qui avaient marché ou non la veille.

J'avais beau rester ouvert, productif et poli, je n'en pouvais plus de soumettre mon histoire et mes personnages à des «arcs émotionnels», des «axes d'identification» et des «retours-tests» pour correspondre aux attentes fluctuantes de la ménagère de moins de cinquante ans. Et puis, Maxime m'appela, une nuit :

— On a un problème avec le Qatar. J'ai foiré une négo pour le gouvernement, du coup ton film ne se fait plus. Donnant-donnant, perdant-perdant – je suis désolé, je ne suis plus en position de force. Dans l'intérêt de ton œuvre, il vaut mieux que tu prennes tes distances avec moi.

J'ai suivi son conseil avec un soulagement non dissimulé. Délivré de ces réunions interminables où le métro m'emmenait chaque matin remettre en question le travail de la veille, je pus enfin me retrouver seul devant le papier, donnant libre cours à mon imaginaire. Les sommes perçues me permettraient de tenir encore cinq ou six mois avant de retourner à la case moquette.

Le recul se révéla profitable à mon livre, dans un premier temps. Je refis à nouveau la fin, puis le début, puis le milieu. Mais les problèmes de paternité que développait mon inconscient, autour du personnage inspiré par Pauline et de l'hypothèse envisagée avec Maxime, m'emmenèrent beaucoup plus loin que prévu.

Au bout d'un an, totalement exsangue et de moins en moins satisfait du résultat, je ne me sentais plus la force de recommencer. Autant brûler le manuscrit ou le donner tel quel. Mon éditeur le trouva «un peu trop grand public», mais le publia dans l'espoir que la télé lui en achèterait les droits.

À peine sortis de l'imprimerie, j'envoyai les trois premiers exemplaires au Domaine de Vernoille en Bourgogne, au siège social du groupe Sofitel à Évry et à la maison de retraite d'Armoise-en-Vercors. Ni Pauline ni Maxime n'accusèrent réception. Mme Voisin m'écrivit :

Après réflexion, j'ai décidé de prendre votre texte (et les manipulations que vous me prêtez) comme une sorte d'hommage au troisième degré. Merci, donc. Mais je ne suis pas résumable à mes sentiments envers Pauline et Maxime. Comme le disait Alexandre Vialatte : « Tout le berger n'est pas dans le mouton. »

J'ai beaucoup regretté de n'avoir pu répondre à l'invitation de Pauline pour sa remise de diplôme. La scène qu'elle vous a inspirée ne manque pas de piquant – j'ose espérer pour vous que tout n'est pas inventé. Mais je me devais de rester au chevet de mon Raymond, qui vient de s'éteindre, hélas. Il me manque tellement. Autant que ma librairie.

Je suis une vieille dame qui n'a plus guère d'intérêt ; ce n'est pas la peine de me répondre. Je garde un bon souvenir de vous. N'oubliez pas de vivre.

Trois jours plus tard, je finissais de dédicacer les exemplaires destinés aux journalistes lorsque Maxime, en canadienne hors saison, a déboulé dans le hall de la maison d'édition, où Anne-Laure Ancelot m'exposait sa stratégie concernant les prix littéraires de l'automne.

— Je suis un personnage génial ! a-t-il beuglé, comme si on s'était quittés la veille. Ah, tu m'as fait chialer, mon salaud. Qu'est-ce que je suis émouvant ! J'aurais jamais cru. Et drôle, aussi ! Ça, il m'a pas loupé ! a-t-il ajouté en prenant à témoin mon interlocutrice. On va faire le carton du siècle. C'est quoi, ton plan média ? Tu veux un JT ?

— Non, non, c'est bon, Anne-Laure s'en occupe...

Pour éviter les querelles de chasse gardée, je lui ai présenté avec force superlatifs mon attachée de presse, qui le toisait comme une crotte au milieu de son tapis.

— Il est bien placé pour le Goncourt, j'espère, lui a lancé Maxime. Parce que ça se travaille, un jury. Je sais de quoi je parle : c'est moi qui lui ai fait avoir son premier prix.

— Je vois, a ponctué Anne-Laure du bout de ses lèvres en accent circonflexe.

— Ma ligne privée, si vous avez besoin d'un coup de main. Je vous donnerai des contacts.

Il lui a glissé sa carte en regardant l'heure.

— Bon, faut que je file, mon Quincy, mes assistantes m'attendent au Bourget. Tout va bien, j'ai rattrapé le coup avec le Qatar : je fais à nouveau la pluie et le beau temps. Mais j'ai vingt Rafale à placer d'ici demain soir en Norvège, c'est pas gagné. On se tient au courant pour ton lancement. Allez, je te dis merde !

— Merci.

— Mais non, t'es con ! s'est-il affolé. Faut jamais répondre merci : ça porte malheur !

Du haut de sa consternation botoxée, Anne-Laure a regardé s'éclipser le représentant en avions de chasse.

— À peine romancé. Évidemment, s'il se mêle de votre promo...

Ce fut son seul commentaire. Un soupir qui sonnait le glas de mes espérances d'automne.

*

Qu'on l'impute aux effets secondaires de la superstition ou du snobisme, la sortie de *L'Extase du moucheron* fut une catastrophe. Aucune presse, hormis l'avant-papier de *France-Soir* où le journaliste signalait que j'étais un auteur «très courtisé par la télé» et que mon roman, calibré à la sauce américaine, avait tout pour faire un best-seller – certainement un «contact» de Maxime. Aucune retombée. Aucune demande d'émission. Aucun mouvement chez les libraires. Et aucune cession de droits audiovisuels.

Harassée par ses relances tous azimuts, mon attachée de presse finit par me jeter sur un ton de victoire mâtiné de rancœur :

— Je vous ai eu *La Semaine des lettres*. Non sans peine.

Le papier sortit le mardi suivant. Trois lignes en bas de page.

Je découvris alors une des grandes lois de mon milieu, que l'ancien détenu de l'île de Ré avait enfreinte sans le savoir : rien n'est plus mal vu qu'un auteur «littéraire» qu'on essaie de rendre «commercial». Surtout quand il ne se vend pas.

*

Ma traversée du désert a duré plus d'un mois, avec pour seul mirage la remise d'un prix très germano-pratin à laquelle j'avais été curieusement convié, alors que je ne figurais même pas sur la sélection. Dans la salle bondée de La Closerie des Lilas, je suis tombé sur Maxime, incongru en smoking blanc au milieu des jeans-débardeurs du microcosme. Je lui ai demandé ce qu'il faisait là. Il m'a claqué deux bises.

— C'est moi qui t'ai fait inviter. Faut qu'on te voie, un peu.

Je l'ai remercié en dissimulant ma contrariété, et j'ai glissé d'un ton légèrement dissuasif :

— Tu restes longtemps à Paris ?

— Le temps qu'il faut pour corriger le tir. Tenez, mademoiselle, c'est mon camarade Quincy Farriol, dont je vous parlais tout à l'heure. Je te présente Laetitia, la cousine d'Arlette Laguiller. Je lui ai dit : « Pour une fois que vous avez un bon romancier de gauche, faites-le savoir. »

J'ai serré la main que me tendait sans conviction la petite brune apparentée à Lutte ouvrière, qui s'est éclipsée prestement vers le buffet quand Maxime lui a dit que, si l'on me voulait en signature à la Fête de l'Huma, il fallait d'urgence me réserver un stand : j'étais surbooké.

— Joli cul, a-t-il commenté après avoir vidé d'un trait sa énième coupe de champagne, vu l'état de ses pupilles. Quoi, qu'est-ce que j'ai dit ? Je te fais le buzz, moi, au moins. Elle est trop timide, ton attachée de presse. Dis donc, à propos, c'est qui, le bras cassé qui bave dans *La Semaine des lettres* ? Tu lui as piqué une gonzesse, ou quoi ? « Glorification malvenue d'un truand à la sentimentalité ridicule. » On verra s'il a les couilles de me répéter ça en face, le mec. Parce que, contrairement à ce qu'on croit, le ridicule, parfois, ça tue !

D'une main brusque, il a chopé un serveur par le bras pour attraper une coupe au milieu de celles qui basculaient sur le tapis. J'ai tenté de le calmer en faisant valoir que c'était un critique estimable, et qu'il avait le droit de ne pas apprécier mon parti pris.

— Alors, au moins, qu'il ferme sa gueule !

Posément, je lui ai expliqué que, sur un plan déontologique, un journaliste littéraire n'était pas forcément un fournisseur de louanges. Il a sifflé son champagne et conclu :

— Je vais me le payer, lui aussi.

Sa moue martiale m'a alarmé.

— Comment ça, « lui aussi » ?

Un large sourire a fendu son visage cramoisi. Il m'a pris par le bras pour aller se resservir au buffet.

— Attends de voir la tronche du chroniqueur de *Coup de gueule*. J'sais pas si tu es au courant, mais il s'est foutu de ton nom, hier soir. Je suis allé l'attendre dans le hall de sa chaîne, et il a eu la version coup de boule. Quand on te cherche, on me trouve.

Sa voix avait grimpé de deux tons. Je ne savais plus où me mettre. Avec un effet de menton mussolinien, il a toisé les journalistes présents dans la salle pour mettre en garde mes ennemis potentiels. Les joues cuisantes, je lui ai pris sa coupe des mains et je lui ai fait jurer sur l'honneur qu'il ne toucherait plus à un seul de mes critiques. Il m'a défié du regard, puis il a haussé les épaules, craché par terre, levé la main droite, et s'est frotté les paumes façon Ponce Pilate. Après quoi, il a récupéré sa coupe et m'a porté un toast :

— À ta carrière défunte ! Sans réseau, on n'existe pas, mon vieux. Déjà, quand je t'ai connu sous Mitterrand, tu étais rocardien tendance écolo ; maintenant, avec tes pudeurs d'intello jospiniste dans la France de Chirac, à moins de te mettre à la tête de veau, ça m'intéresserait de savoir comment tu vas percer.

— Tu ne crois pas que tu confonds un peu trop la littérature avec la politique ?

— Ça marche pareil : tu fais peur, on te respecte ou tu es mort. Si je te lâche, tu seras passé du ver de terre au moucheron pour finir en punaise qui s'écrase.

— Je préfère m'écraser que de réussir par les putes, le racket et la violence. OK ? Oublie-moi.

Il m'a regardé avec une tristesse infinie, et s'est détourné en murmurant OK. D'un coup, je n'ai plus vu en lui qu'une victime de mon injustice. Un ami dont je refusais les preuves d'amitié. Un clown mis à la porte de mon cirque. J'ai préféré briser là pour m'épargner la tentation de lui laisser carte blanche.

En quittant le cocktail, j'ai croisé un vague barbu qui m'a semblé être le critique de *La Semaine des lettres*. L'embouteillage du vestiaire nous a laissés face à face un instant. J'ai vu à son air cerné que, lui aussi, il avait reconnu sa victime du mardi précédent. Il s'est mépris sur le sourire que j'essayais de retenir. Avec une petite moue fair-play, il m'a tendu la main en soulignant de manière sympa son embarras :

— Je ne sais quoi vous dire...

Il n'a pas compris pourquoi je lui ai répondu d'un ton magnanime :

— Dites-moi merci.

Maxime a tenu sa promesse pendant trois semaines : aucune intervention en ma faveur, aucune forme de représailles à mon service, aucun piston, aucun coup de boule. Et ses prédictions se sont réalisées : mon livre ne décollait pas. Personne n'en parlait plus, il avait déjà quasiment disparu des points de vente. C'est là que, soudain, un lundi matin, mon attachée de presse a cessé de me regarder comme un invendu promis au pilonnage.

— Grande nouvelle : on vous invite sur Direct 8.

J'ai sauté au plafond. J'avais retenu la leçon. Merveilleux, formidable. Mais je me suis aussitôt rembruni malgré moi.

— C'est grâce à vous, j'espère, ai-je risqué du bout des lèvres.

Elle s'est coincée.

— Évidemment. Je veux bien que les repris de justice aient le bras long, mais pas en ce qui concerne la programmation des *Livres de la 8*. Vous n'en êtes pas forcément conscient, mais je travaille énormément sur vous. C'est un roman difficile, en mauvaise synergie avec votre image d'auteur Portance ; une apologie de la délinquance qui choque et rebute pour les mêmes raisons qu'elle séduit.

Je l'ai remerciée de ses efforts couronnés de succès, avec un soulagement sincère qui ne relevait en rien de la flagornerie.

— Ce sera votre seule fenêtre. Tâchez d'être bon.

J'ai tâché. J'ai écouté ce qu'on m'a dit. J'ai mis une chemise sans col et une veste noire décintrée pour affirmer mon identité d'« auteur Portance ». J'ai amélioré ma « synergie » devant la glace, en travaillant ma voix dans le style écriture blanche. Et je ne m'en suis pas trop mal tiré. Il faut dire qu'un appel de Maxime, le matin de l'émission, m'avait enlevé une grande partie de mon trac.

— C'est moi, j'ai vu que tu passais ce soir en direct. Ta première télé, bravo. Je tenais juste à te rassurer : je n'y suis pour rien. Et je ne sais pas si je vais te regarder ; tu pourrais prendre ça pour de l'intrusion. Allez, je t'embrasse quand même, tête de con. Et je te dis merde. Réponds pas !

Une bouffée de tendresse rétrospective m'a serré la gorge.

L'émission s'est plutôt bien passée, de mon point de vue. On m'a donné la parole en premier. L'animateur était chaleureux. Il mettait l'accent sur le personnage de Jean, ce romancier mécanicien-tôlier dont l'insignifiance maso résistait à tout – même au coup de foudre pour une lectrice volcanique, même à l'amitié d'un voyou flamboyant prêt à lui offrir un destin hors norme. Il voulait connaître la part d'autobiographie.

Bien sûr, j'avais reçu dans la réalité un prix de maison d'arrêt pour mon premier roman, mais la rencontre s'était-elle vraiment déroulée ainsi ? Qui se cachait derrière le personnage de Fred ? Et où en étais-je aujourd'hui avec celle qui m'avait inspiré la délicieuse Mélanie ? Avais-je vécu cette scène de lit à trois sur un campus universitaire ?

J'ai biaisé autant que j'ai pu, me retranchant derrière l'imaginaire qui s'approprie et décale. L'invitée assise à ma droite, une gloire de l'autofiction, m'a reproché alors de m'être mal documenté sur Göttingen, dont la prestigieuse université l'avait invitée dans le cadre d'un colloque sur elle-même : elle avait relevé plusieurs erreurs à cause desquelles, disait-elle, on ne croyait pas à mon intrigue. Piqué au vif, j'ai répliqué que, dans la réalité, la scène s'était passée à Oxford, excusez du peu. Je pensais lui avoir rivé son clou, mais elle a enchaîné en déclarant, face caméra, qu'un écrivain digne de ce nom doit avoir le courage d'assumer son parcours personnel. À ce propos, a-t-elle ajouté, le plus intéressant dans mon histoire était justement ce que je ne traitais pas : les pulsions homosexuelles de ces deux hommes qui ne voient dans l'héroïne qu'un terrain de rencontre. Je lui ai répondu de s'occuper de ses fesses.

— Pourquoi l'avez-vous agressée ? m'a reproché mon attachée de presse à la fin du direct, en lisière du plateau où j'attendais qu'on me démaquille. La solidarité entre auteurs, c'est une règle – en tout cas chez Portance.

Inutile de lui rappeler que c'était ma consœur qui avait commencé : ses tirages confortables lui donnaient gain de cause. J'allais présenter mes excuses lorsqu'un intrus a déboulé sur le plateau, coursé par un agent de la sécurité. Avant que j'aie eu le temps de reposer mon gobelet, Maxime m'a chopé par le bras et, raflant sur une table un étui de lingettes, m'a entraîné vers la sortie.

— Tu te démaquilleras dans la voiture.
— Mais qu'est-ce qui te prend ?
— Discute pas, y a urgence.

Je me suis dégagé de sa poigne avec un maximum de discrétion. Heureusement que l'animateur nous tournait le dos, à l'autre bout du plateau. Lui qui voulait tant savoir qui se cachait derrière le personnage de Fred...

— Vous connaissez cette personne ? m'a questionné le vigile.
— Je te dis que c'est un pote, connard ! a braillé Maxime en levant le poing.

J'ai confirmé, et j'ai escamoté le pote dans le couloir pour le recadrer :

— Tu m'as assez bassiné en disant que je négligeais le relationnel ; laisse-moi faire un peu de diplomatie, d'accord ?

Engoncé dans un manteau en cachemire qui rappelait celui de Robert Sonnaz, Maxime m'a toisé avec une dureté que je ne lui avais jamais vue.

— Je t'emmène à Dijon, a-t-il décrété en me tirant vers l'ascenseur.
— À Dijon ? Mais ça va pas ?
— Y a un souci avec le mari de Pauline.
— Enfin, ce n'est pas mon problème !
— Non, mais c'est ta faute.

Quand la porte de la cabine s'est refermée, il m'a exposé la situation en deux phrases. Aymeric de Vernoille était tombé sur Direct 8. Il avait compris que la femme de mon livre était Pauline, et on venait de la transporter aux urgences de l'hôpital de Dijon, entre la vie et la mort.

Il m'a engouffré dans la Daimler, a démarré en trombe. Tétanisé sur mon siège, je revoyais l'émission, mes esquives, mes faux-fuyants, l'aveu que j'avais laissé échapper sur un coup de sang. J'ai demandé :

— Comment tu l'as su ?

— C'est pas la première fois qu'il la cogne. J'avais reniflé le truc quand je l'ai revue en mai à l'enterrement de Raymond, le compagnon de Mme Voisin. Deux ou trois cicatrices, des bleus cachés sous le fond de teint, une manière de fermer son corps, de se protéger en biais par son épaule... Je connais. Elle était venue seule, je lui ai posé la question. Elle a nié. Je me suis dit : c'est peut-être un truc sexuel entre eux. Je l'avais jamais sentie attirée par ça, mais bon, y a prescription, et on a le droit de changer : ça les regarde. Quand même, je me suis pointé en douce à Gevrey-Chambertin, la semaine d'après. Discréto, j'ai filé une enveloppe au régisseur pour qu'il tienne le mari à l'œil et qu'il me prévienne en cas de souci. Officiellement, elle est tombée dans l'escalier.

Il a sorti de sa poche l'étui de lingettes démaquillantes, me l'a jeté sur les genoux en grillant un feu rouge à l'entrée du périphérique.

— Faut vraiment être con pour lâcher le morceau, comme ça, la gueule enfarinée : eh non, c'était pas

Göttingen, c'était Oxford. Traduction : Mélanie, c'est Pauline. Putain, Farriol, on protège ses sources !

À 180 sur l'autoroute, téléphone de bord sur haut-parleur, il est resté en contact permanent avec le régisseur qui, depuis l'hôpital, lui donnait les nouvelles en direct. Pauline était sortie du coma. Elle souffrait de multiples contusions, elle avait un hématome cérébral et ne répondait pas, ne réagissait à rien. On n'avait pas le droit de la voir. Les médecins avaient conseillé au mari de rentrer chez lui : on ne pouvait rien faire, il fallait attendre que l'hématome se résorbe. Le régisseur s'est interrompu soudain, avant d'ajouter à voix basse qu'il devait raccrocher et qu'il essaierait de rappeler quand ils seraient au domaine.

Les kilomètres ont défilé en silence, dans le feulement sourd du V12. Mâchoires crispées sur son cigarillo éteint, Maxime ne bougeait que l'index pour dégager la voie de gauche à coups d'appels de phares. L'aiguille ne quittait pas le zéro du 180. Quand j'ai eu le malheur de le mettre en garde contre les radars, j'ai fait sauter les digues de sa tension nerveuse :

— Tu la fermes ! J'ai payé assez cher, cinq ans de ma vie, pour qu'on ne vienne plus me faire chier avec ce genre de conneries ! Je les ai prévenus, à la Prévention routière : un mot de moi, et ils se retrouvent en préventive ! Atteinte à la santé publique ! J'ai tous les rapports scientifiques passés sous silence sur le danger des radars qui flinguent la sérotonine ! Plus tu en poses, plus tu augmentes l'agressivité dans le cerveau, plus tu crées d'accidents !

La Daimler a franchi le télépéage si vite que la barrière a heurté l'antenne du toit. Il était la démonstration vivante de sa théorie.

— Tout ça pour faire du pognon avec les amendes et les stages de récupération de points ! Mais je vais te la foutre en l'air, moi, un jour, cette putain de république bananière !

Il a cessé de hurler en traversant la ville endormie, évitant de justesse un éboueur.

— Enlève ton maquillage, on arrive.

Toute visite était interdite, nous a signifié l'infirmière des urgences. Négligeant de lui répondre, il est allé nous faire couler deux cafés noirs au distributeur. Aucune porte fermée ne lui résistait, j'étais bien placé pour le savoir. La chef de clinique qu'il avait contactée dans la voiture, via le député local, nous a rejoints au bout de dix minutes en s'excusant pour l'attente. Elle nous a fait enfiler blouse et chaussons stériles, nous a confirmé que le pronostic vital n'était plus engagé.

Et on s'est retrouvés autour du lit de Pauline. Intubée, sous perfusions multiples, le visage tuméfié, le crâne entouré d'un bandage, on ne la reconnaissait qu'à son regard. Il a pris sa main droite, j'ai pris la gauche. Elle a réagi par un mouvement des cils. On lisait tout et son contraire dans ses yeux : la peur, la résignation, l'incrédulité, le réconfort, la détresse... Elle a remué les lèvres entre les boursouflures. On s'est penchés d'un même mouvement pour comprendre ce qu'elle bredouillait.

— Heureusement... Séb était... chez ses grands-parents...

Sa bouche et ses paupières se sont refermées. J'ai vu deux larmes couler sur les joues de Maxime. C'est la première fois que je le sentais perdre pied. Un amour infini dévastait son visage.

— Elle est sous puissants sédatifs, nous a dit la chef de clinique. Ce serait mieux de la laisser...

J'ai répété la phrase à Maxime qui regardait dans le vide. Il a jailli de la chambre comme un missile, renversant une table de soins.

La galerie de l'hôtel Westin est à présent envahie d'Anglo-Saxons à blousons badgés, qui s'interpellent et se marrent en échangeant des brochures sur la loi Hadopi et le téléchargement frauduleux des fichiers P2P. En sortant des toilettes, je me faufile parmi leurs sacoches aux couleurs de Google.

— *She's here !* clame un des congressistes.

Tout le groupe se précipite dans le bar.

Effondré, je me rabats sur le patio, m'assieds à l'ombre des bambous qui entourent la fontaine. Un jeune serveur m'apporte une carte, me souhaite la bienvenue en anglais. Je commande n'importe quoi en pointant le doigt sur une ligne, sans quitter des yeux l'entrée du bar. Les congressistes ressortent, chahutés par Pauline qui les pousse vers le hall avec une fausse gaieté de cheftaine, tout en répondant à leurs questions sur les brochures qu'ils lui montrent. Le klaxon d'un car s'impatiente, rue de Castiglione. Elle les invite à se dépêcher en désignant la rue, se tourne machinalement vers le patio. Le serveur renonce à me reprendre le menu derrière lequel je me cache. Il s'éclipse.

Quand il revient avec ma consommation, Pauline a mis les Google dans leur car et retraverse la galerie en direction du bar. Pour reprendre son travail. Ou recommencer à m'attendre. Elle est trop loin pour que je puisse voir son visage, au coin de mon menu. Trop loin pour que je me rende compte si les blessures et les contusions qui la défiguraient, huit ans plus tôt, ont laissé des traces. Je ne l'ai pas revue depuis la nuit à l'hôpital de Dijon.

Sur le parking des urgences, Maxime avait déjà démarré quand je me suis engouffré dans la Daimler.

— Je vais le tuer, a-t-il annoncé, pied au plancher, avec un sang-froid qui m'a glacé de panique.

Dans le rugissement du moteur, j'ai tenté de le ramener à la raison. C'était ma faute si le mari avait perdu la tête : c'était à moi d'arranger les choses à ma manière. Il n'a même pas répondu. Il a traversé les faubourgs, foncé à travers la campagne déserte.

— Laisse-moi lui parler, Maxime.

— Tu veux quoi, lui demander pardon ? Ça t'a rien fait de voir Pauline comme ça ? Elle portera jamais plainte à cause de son fils, elle le quittera jamais, et la prochaine fois elle y restera. C'est ça que tu veux ?

— Laisse-moi lui expliquer...

— C'est un PN, ce mec. Les pervers narcissiques, on les change pas. J'en ai connu, en taule.

Il a tourné brusquement à droite en direction de Chambertin, rebondi dans les ornières d'un village en travaux jusqu'à la grille ouverte d'un domaine viticole. Les projecteurs se sont éclairés à notre passage, dans la longue allée de tilleuls qui menait à une bâtisse lugubre.

— Ne commets pas l'irréparable, je t'en supplie... Tu ne vas pas retourner en prison pour... pour quoi ? Un crime passionnel, une exécution de sang-froid ? Pauline ne te le pardonnerait pas...

— Tu restes dans la voiture, si tu as la trouille.

Le crissement des freins sur le gravier de l'allée a fait jaillir un type en bottes de caoutchouc.

— Rentrez chez vous, je ne veux pas de témoins, lui a signifié Maxime en enfilant des gants.

— De toute façon, je n'ai pas à être là en dehors de mes heures de travail, lui a répondu le régisseur sur le même ton de rage contenue. C'est vraiment un salaud. Pas une émotion, pas un regret, rien. Une chute dans l'escalier, c'est tout. « Elle n'avait qu'à faire attention. »

— Je m'en occupe.

— Il est dans la chambre de Madame, la deuxième porte au premier.

Renonçant à dissuader Maxime, j'ai couru derrière lui dans l'escalier, espérant atténuer sa violence en lui prêtant main-forte. Mais, dès qu'on a fait irruption dans la chambre, ma rage s'est greffée sur la sienne. Toute la pièce était sens dessus dessous, les photos déchirées, les papiers épars, la bibliothèque sur le tapis. Assis au bureau de Pauline, une bouteille de gin vide couchée sur le sous-main à côté de *L'Extase du moucheron*, Vernoille a levé vers nous un regard vitreux. Même pas étonné de nous voir là.

— Elle a eu le culot de vous appeler. La salope. C'est lequel des deux qui la sodomisait ? C'est pas assez clair, là ! a-t-il hurlé soudain en me balançant le roman au visage.

Maxime l'a soulevé de sa chaise.

— Ne confonds pas la littérature et la vie, mec. Ça, c'est la vie !

Le coup de boule a fait rebondir son crâne contre le mur. Il a glissé sur le sol avec un râle d'ivrogne.

— Si tu t'avises de lever la main sur elle encore une fois, je le saurai à la minute même, je reviens et je te bute. T'as capté le sens général, Vernouille ? J'ai flingué autant de fumiers dans ton genre que j'ai fait d'années de placard, et aujourd'hui je suis intouchable. Porte plainte contre moi, et tu te retrouves au trou. Je suis clair ?

Un talon de santiag dans les côtes a parachevé la clarté. J'ai retenu Maxime d'une pression sur l'épaule. Pour ajouter un peu de psychologie au tabassage, j'ai affirmé à Vernoille, avec tous les accents de la sincérité, que les scènes d'amour que j'avais écrites n'étaient rien d'autre que des fantasmes.

— Elle m'a tout avoué, tout ! a-t-il glapi. Elle est incapable de mentir, cette conne ! De renier un « amour vrai », comme elle dit ! Une partouzarde ! Voilà ce que j'ai donné comme mère à mon fils !

Trois coups de latte l'ont plié en deux.

— Post-scriptum, a enchaîné Maxime : si elle demande le divorce et que tu la fais chier pour la garde du gosse, même topo ; elle sera veuve. Tu hoches la tête si le message est bien passé.

Il a hoché, entre deux couinements.

— On te laisse ranger la pièce. Allez, viens, Farriol.

Au pied de l'escalier, il m'a passé le bras autour de l'épaule et serré contre son flanc.

— Tu vois qu'à deux, ça se passe mieux.

Il me souriait, soulagé, le regard en coin, comme si nous venions de remporter un match. Il a insisté :

— Je l'aurais massacré, sans toi. Comme quoi je ne suis pas le seul à avoir une bonne influence.

Sur l'allée de gravier, sortant sa clé de voiture, il a conclu :

— En tout cas, fais-moi confiance, la leçon a porté.

La détonation a déchiré mes oreilles. Avant que j'aie perçu la brûlure dans mon dos, Maxime avait pivoté en sortant un pistolet de son manteau. Coup de feu, bruit de chute. J'ai senti mes jambes mollir. Il m'a rattrapé dans ses bras, maintenu droit tandis qu'il examinait la blessure.

— C'est rien, mon grand, c'est rien. La balle est rentrée sous l'épaule : y a que du gras. C'est du 12 ou du 20 pour le chevreuil, c'est *peanuts*. Respire à fond, laisse-toi faire. Tiens.

Les dents serrées sur la douleur, les bras tremblants, j'ai pris machinalement ce qu'il me donnait. Il m'a couché sur le côté, dans le gravier.

— Bouge pas, je reviens.

Je l'ai suivi des yeux. Il a couru se pencher au-dessus du corps de Vernoille, immobile sous le balcon de la chambre d'où il m'avait tiré dessus. C'est là que je me suis rendu compte que je tenais dans la main le pistolet de Maxime.

— Légitime défense, tu risques rien, m'a-t-il rassuré en revenant s'agenouiller à mon chevet. Avec mon casier, moi, ça serait retour direct à la case prison. Je te revaudrai ça, mon grand. Sénéchal, rue du Gave à Sarcelles, retiens bien. C'est là que tu as acheté le Beretta en avril dernier, pour te défendre contre une groupie hystérique qui te menaçait de mort parce que tu refusais de la sauter. OK ? Je te fais antidater le port d'arme. T'inquiète de rien, j'appelle le Samu. Cette fois, on ne perdra plus jamais Pauline.

Et il a ajouté cette chose incroyable :

— On était unis par l'amour ; là on le sera par la mort. Et c'est grâce à toi. Merci, Farriol. Tu es vraiment mon ami.

Ma vision s'est troublée. J'ai ouvert la bouche, et j'ai perdu connaissance avant d'avoir pu prononcer mes dernières volontés ou, à tout le moins, le nom de Mᵉ Allard-Joubert, l'avocat de mon éditeur.

« Vous avez eu beaucoup de chance » est la phrase que j'ai entendue le plus souvent, à mon réveil, dans la bouche des policiers comme dans celle des médecins. Ma blessure étant bénigne, on avait prévu de me garder vingt-quatre heures en observation. Je dus finalement rester deux mois et demi à l'hôpital, à cause d'une bactérie contractée pendant qu'on désinfectait ma plaie.

L'enquête fut plus rapide. L'avocat de mon éditeur avait refusé mon dossier, le jugeant insuffisamment lié aux questions de propriété littéraire, mais l'association Ni putes ni soumises avait mis à ma disposition un ténor du barreau, tous frais payés, qui se chargea des formalités et des relations avec la justice.

Maxime avait bien fait les choses. Je fus un peu étonné de découvrir dans mon dossier les lettres d'une certaine Laure, fan obsessionnelle qui m'exposait son intention de me tuer : j'étais l'écrivain de sa vie et je refusais de faire d'elle mon héroïne, alors aucune autre femme ne prendrait jamais plus sa place dans mon cœur ni mes pages.

Le juge d'instruction avait retenu dans les pièces à décharge ces menaces écrites justifiant, si besoin était, le fait que je sois en possession d'une arme à feu dûment enregistrée. La dénommée Laure ne donnait ni son nom de famille ni son adresse, mais sa description et la réalité de son harcèlement étaient confirmées, autre surprise agréable, par Samira Elkaoui, ma collègue de Clichy-Moquette. Comme je n'avais pas porté plainte contre cette lectrice bipolaire, la police ne perdit pas son temps à la rechercher.

Quant aux violences conjugales régulières qu'avait endurées Pauline, elles étaient attestées non seulement par le rapport médical, mais aussi par les témoignages du régisseur et de Mme Voisin, qui dévoila dans une lettre au juge les confidences de sa jeune amie. Tout concordait : victime d'un pervers narcissique compensant par la jalousie infondée et les passages à tabac son impuissance sexuelle, la pauvre Pauline se refusait à le quitter pour protéger leur enfant.

Mon audition dura un petit quart d'heure. Devant le magistrat, son greffier et mon avocat assis autour de mon lit en blouse et chaussons bleus stériles, je me bornai à confirmer la déposition de Maxime : alertés par le régisseur, nous nous étions rendus au chevet de Pauline, puis, animés d'une juste fureur, nous avions couru menacer son mari de le dénoncer s'il ne mettait pas un terme à ses sévices.

— Vous l'avez frappé ?

— Pas vraiment... Juste plaqué au mur pour le raisonner.

— Et votre ami, Maxime De Pleister ? C'est un repris de justice, connu jadis pour sa violence.

— C'est lui qui m'a retenu. Tout ce qu'on raconte sur lui est faux : il a été victime d'une machination politique, d'une erreur judicaire camouflée en vice de procédure...

— Quoi qu'il en soit, on ne va pas vous ennuyer avec ça, a coupé vivement le juge d'instruction. D'après l'autopsie, la chute du corps sur le dallage suffit à justifier les contusions. Et, de toute manière, le rapport balistique est formel : vous avez tiré en état de légitime défense. Vu l'absence d'antécédents, le dossier sera classé très vite. Bon rétablissement.

*

Sur le plan littéraire, les retombées furent impressionnantes. Quatre mille sorties par jour, cinq réimpressions de suite : mon livre caracola huit semaines en tête des ventes. L'histoire de ce romancier meurtrier du bourreau de son héroïne faisait la une de la presse et la fierté des associations de défense. J'étais devenu le symbole de la révolte des femmes battues. Le fer de lance de leur combat. Aussi passionnés par l'enquête judiciaire que par mes bulletins de santé, les journalistes vibraient unanimement pour ce justicier involontaire aux prises avec une bactérie qu'ils avaient hâtivement qualifiée de mortelle, afin d'attiser le suspense qui alimentait les ventes, les audiences et les clics. J'étais devenu la coqueluche des médias. Le « vengeur de Pauline ».

Quant à l'intéressée, c'était le seul point noir. Confiné en chambre stérile dans le même hôpital qu'elle, trois étages plus bas, j'avais reçu des mains d'une infirmière, cinq jours après mon admission, un courrier « de la part de la 409 » :

J'aurais aimé être la femme de ton livre. Tu m'as réussie, Quincy. Moi, je n'ai jamais été à la hauteur, dans la « vraie vie », si ce n'est sur le plan professionnel. J'étais consultante à distance en sécurité informatique. Aymeric ne supportait pas mon besoin de travailler, alors que « je ne manquais de rien ». Une comtesse de Vernoille n'a pas à se mêler de cybercriminalité. J'ai dû arrêter. Pour le nom. Pour m'occuper de mon fils.

Je n'étais plus moi, Quincy. Je n'étais pas faite pour être une épouse ou une mère, surtout la leur, mais c'est ma faute. Je leur ai fait croire – parce que j'y ai cru – que je pouvais être aussi cette femme-là. Je leur ai donné un amour que j'ai repris – du moins qui a cessé d'être –, et il ne faut jamais reprendre ce qu'on a donné. Je m'en voudrai toujours. D'avoir donné. D'avoir repris. D'être comme ça.

Ma vraie place, je le sais aujourd'hui, c'était entre Maxime et toi. Le seul moment de bonheur franc de ma vie, en dehors des mondes virtuels que je construis, que je déconstruis ou que je viole pour échapper à une réalité qui ne m'appartient pas.

Évidence d'être moi-même entre les deux hommes que j'aime. Une part de votre Pauline, la plus sincère, la plus solide et la plus vulnérable, est restée prisonnière d'une nuit à Wellington Square. La pure amitié dont j'ai toujours rêvé – mon principe de précaution à moi

– notre amitié englobant l'amour, le plaisir, la confiance, le respect, l'interdit... Tout ce qui a donné un sens à ma vie pour me faire aller dans le mur.

J'ai un aveu à te faire. Pendant que vous dormiez, dans notre canapé-lit, je me suis permis de regarder le manuscrit dans ton cartable. C'était bien pire que des photos d'enfance où l'on ne se reconnaît plus. Et ce ne sont pas les photos qui mentent. Oui, j'avais été cette jeune fille rêvant de réussir (de réunir, pardon! quel lapsus...) les deux hommes de sa vie. C'est pour ça que je suis allée me marier sans vous dire adieu.

Pardon de ne pas venir te voir, aujourd'hui, à quelques mètres en dessous de moi. Même derrière une vitre. Je sais que tu vas te rétablir vite et qu'il n'y aura pas de séquelles, ton médecin est formel. Mais je préfère garder de toi cette image si forte, si douce: mes deux héros à mon chevet dans la nuit de mercredi.

Je n'ose pas te remercier de ce que tu as fait, et j'espère que ce sera sans conséquence pour toi. Aie confiance en Maxime. Je sais que c'est lui qui a tiré; il ne te laissera jamais tomber. Si j'avais eu un doute sur la beauté de votre relation, ton sacrifice spontané pour le protéger – il m'a tout raconté – aurait suffi à me rassurer.

Grâce à vous deux, je suis libre, à présent. Délivrée de l'espoir impossible d'échapper aux violences de cet homme qui me tenait par notre enfant. Par mon refus absolu de révéler à Séb le vrai visage de son père. J'ai pour soutien mes pires ennemis, en l'occurrence: ses grands-parents. Ils ne lui ont rien dit. Ils le gardent à l'abri des médias dans leur chalet en Suisse.

Nous nous reverrons un jour, vous et moi, fatalement. Si vous le voulez, si je le peux. Là, je dois me reconstruire. Pour mon fils. Essayer de réparer les dommages que l'influence d'Aymeric et mon désamour lui ont causés. C'est horrible à exprimer, Quincy. C'est son père en petit. Son charme, son assurance, son intelligence manipulatrice... Mais il n'a que cinq ans! Il est encore temps de modifier le terrain. En magnifiant l'image de son père. En faisant de ce salaud un modèle de courage qui a voulu défendre sa femme contre un cambrioleur.

La rédemption par le mensonge thérapeutique. La voilà, la vie qui m'attend. Tu vois que vous n'y avez pas vraiment votre place, pour l'instant, mes chéris. Mais un jour, qui sait?... Je vivrai avec cet espoir caché au fond de moi-même comme un cheval de Troie, un virus dormant. Restez unis, tous les deux. Promettez-le-moi. Gardez-moi dans vos cœurs, dans vos chairs, vos fantasmes et vos pensées tendres. C'est ainsi que vous m'aiderez, quand j'irai me réfugier dans nos souvenirs intacts et nos rêves dangereux.

Prends soin de toi, Quincy, de ton œuvre et de cette éternelle grenade dégoupillée que j'ai introduite dans ta vie il y a onze ans – si tu savais comme j'en suis fière...

Je vous aimerai toujours.

Pauline

Je suis resté tétanisé par ses mots. Décidément, j'étais condamné à n'avoir d'elle que des lettres de rupture sous forme de déclarations d'amour. Je n'arrivais pas à lui répondre. J'ai déchiré des dizaines de brouillons. J'ai raccroché vingt fois en composant le numéro de sa chambre. J'avais besoin de la toucher, de la voir. De ne plus être abruti par tous ces produits dans mes veines. Quand j'ai pu mettre un pied devant l'autre, j'ai demandé à l'infirmière de brancher ma perf sur la potence du déambulateur. Elle m'a répondu que la 409 était sortante. Renseignements pris, elle était sortie.

Les jours suivants, Pauline n'a pas voulu me prendre au téléphone. Elle a changé de numéro. Harcelée par les journalistes et les comités de soutien, elle a déménagé sans laisser d'adresse.

J'étais persuadé que je la reverrais un jour. Mais elle avait raison, ce n'était pas le moment. Comme elle, à tout point de vue, j'avais besoin de cicatriser.

Le non-lieu prononcé par le juge coïncida avec la fin de mon hospitalisation. Sur un plan médiatique, les deux me causèrent le même préjudice. Et puis la vie continuait : Saddam Hussein et les Jeux olympiques d'hiver me chassèrent de l'actualité. On m'oublia aussi vite qu'on m'avait sorti de l'anonymat. Dans un premier temps, je le pris très bien.

Goûtant enfin aux charmes de l'aisance financière, j'avais mis les moquettes entre parenthèses pour me refaire une santé dans l'écriture. Soucieux d'échapper au souvenir obsessionnel de Pauline, j'avais rouvert mon vieux chantier de jeunesse, cette grande saga sur la guerre de 14 vécue par mon arrière-grand-père lorrain, persécuté par les Français en tant qu'Allemand et réciproquement. Mon éditeur m'en avait refusé jadis la première mouture, mais, maintenant que ses confrères me faisaient les yeux doux, il n'avait pas jugé opportun de me contrarier.

Je prenais mon temps. J'entretenais mon physique en salle de sport, et mon nouveau corps musculeux me simplifiait les sentiments. J'avais des maîtresses mariées, pour meubler sans lendemain l'absence de Pauline. Depuis ma sortie d'hôpital, je vivais en colocation avec Samira, devenue chef de produit chez JMB, le géant du sol qui avait absorbé Clichy-Moquette. Nous habitions un duplex de cent cinquante mètres carrés au-dessus du bois de Vincennes, où chacun abritait à son étage ses amours passagères. Et quand il n'y avait pas de passage, nous nous consolions ensemble. J'avais craint un moment d'aller plus loin avec elle, d'inverser le Principe de Pauline, faisant de notre amitié le ferment d'un véritable amour. Mais ça ne s'était pas produit.

Je n'avais plus de nouvelles de Maxime. Quand Nicolas Sarkozy avait remplacé Jacques Chirac à l'Élysée, il s'était exilé en Belgique. Maintenant que je pouvais voler de mes propres ailes grâce à mon «héroïsme», m'avait-il expliqué dans un long texto, il ne se mêlerait plus de ma carrière. De toute manière, il traversait une mauvaise passe. Son rôle de négociateur secret, aussi fictif qu'il m'ait paru, semblait intimement lié aux défunts réseaux de la Chiraquie, mais ce n'était pas son seul problème. Je comprenais entre les lignes que lui aussi avait été éconduit par Pauline, dans sa chambre d'hôpital où il était allé lui chanter mes louanges. Elle avait besoin de se réparer seule, déplorait-il, d'élever son fils loin de nous, et il le vivait beaucoup plus mal que moi. Il concluait : « Toi encore, avec tes livres, tu as un but. Moi, je n'avais que des revanches. »

Un soir de Noël, venu tout seul en pèlerinage sur le site de Verdun pour les besoins d'un chapitre, je l'ai appelé à l'aide. Depuis des semaines, je rêvais de Pauline une nuit sur deux – un cauchemar récurrent où son fils, reprenant le flambeau paternel, la rouait de coups. Je lui ai demandé s'il savait où elle habitait à présent. Sa réponse négative m'a paru peu crédible, vu les moyens d'investigation dont il disposait. Ou alors il était vraiment au creux de la vague. «Laisse-la nous revenir», a-t-il dit avant de raccrocher. Ce n'était pas de la passivité, ni de la résignation, encore moins du renoncement. C'était la calme ferveur qui réduit le poids des jours. Le ton des lettres qu'il m'envoyait jadis depuis la cellule d'Alfred Dreyfus à Saint-Martin-de-Ré.

*

L'année suivante, *La Compassion des rats*, plaidoyer pacifiste de cinq cents pages, sortit dans une indifférence quasi générale. «Ce n'est pas ce qu'on attendait de vous», me reprocha mon éditeur. Je n'allais quand même pas assassiner quelqu'un à chaque publication. Je me consolais en recevant quelques lettres de Lorrains bouleversés par l'histoire de mon aïeul qui, disaient-ils, sortait de l'oubli la tragédie de leurs propres ancêtres. Je me répétais : au moins, je peux être fier de ce que j'ai écrit. On n'allait pas tarder à me démontrer le contraire.

Quelques semaines après l'échec de ce nouveau roman, un journaliste d'investigation m'accusa de n'avoir pas écrit le précédent. Il avait comparé le style vif et tranché de *L'Extase du moucheron* avec les « jérémiades glacées » de mes deux autres livres, et il en était arrivé à la conclusion que mon seul et unique best-seller n'était pas de moi. J'avais eu recours à un nègre, c'était flagrant. Une enquête sur la personnalité de Maxime De Pleister – cet « ancien détenu lié à des officines politiques plus ou moins mafieuses » avec qui j'avais partagé, dans la réalité, les faveurs de la femme dont j'avais tué le mari – amena le spécialiste en supercheries éditoriales à penser que la fraîcheur et le charme brutal du *Moucheron* étaient dus à la plume de cet autodidacte, qui avait rédigé à la première personne le texte que je m'étais approprié.

La mention flatteuse de mon nom parmi les auteurs prestigieux qu'il traitait de négriers n'eut pas grand écho. Personne ne m'appela pour recueillir ma réaction. « Laissez pisser », m'avait conseillé ma nouvelle attachée de presse, une stagiaire de vingt ans.

Je me disais que cette diffamation gratuite avait déjà sombré dans l'oubli, quand le téléphone me réveilla en pleine nuit.

— Ne t'inquiète pas, je m'en occupe.

— Maxime... Il est minuit et demi.

— Pas question de laisser la calomnie ruiner ta carrière. Je vais laver ton honneur. Et le mien.

Angoissé par le ton de sa voix, je lui ai rappelé qu'il m'avait donné sa parole de ne plus toucher à mes ennemis.

— Je ne touche pas : j'explique. Laisse-moi faire, tu n'as rien à craindre. De toute manière, je suis à un moment de ma vie où j'ai des décisions à prendre ; tu me sers de déclencheur, et c'est très bien.

Je lui ai demandé des précisions. Il a coupé court :

— Je te l'ai caché pour ne pas te faire de peine, mais ça y est, Pauline est heureuse avec un autre.

Et il m'a asséné un ultime faire-part : installée en Californie dans la Silicon Valley, elle s'était remariée avec un cerveau de sa catégorie, inventeur de logiciels.

— Ils vécurent très heureux et ils eurent beaucoup de brevets, a-t-il conclu. Toi et moi, on n'est plus que du passé, Farriol. Il est temps de s'occuper de l'avenir. Rebondis, rencontre quelqu'un, écris tes livres – je serai toujours là pour toi en cas de coup dur, mais je n'ai pas envie de te revoir sans elle. Ne m'en veux pas. Salut.

Je suis allé me faire un café, le cœur en morceaux. Si Maxime se retirait de l'équation, si nous n'étions plus deux à espérer un signe de Pauline, à croire encore en notre histoire, si vraiment elle avait retrouvé le bonheur sans nous, mes choix ne rimaient plus à rien. Cette colocation, ces liaisons intérimaires, ce refus de m'attacher, d'envisager une famille, de replonger dans une œuvre personnelle... Je m'étais appliqué à végéter dans le provisoire pour me garder disponible, pour n'avoir rien d'important à quitter le jour où elle nous reviendrait. Soudain, l'éphémère n'avait plus de sens.

Les années suivantes furent les plus sombres de ma vie. Les moquettes étant passées de mode, je les décollais, désormais, pour poser à la place des parquets flottants. Je m'étais reconverti. Ce qui signifiait bien davantage qu'un changement de revêtement.

Samira avait fondé sa propre entreprise, Parquets de Versailles. Un entrepôt à La Courneuve, un showroom quai Voltaire, et un procédé révolutionnaire pour donner au chêne contemporain une patine Louis XIV qui avait détrôné, sur le segment haut de gamme, son ancien employeur JMB. J'avais investi tous mes droits d'auteur dans le capital et nous étions associés. Une façon de lui prouver que je croyais en elle, de la remercier pour toutes ces années où elle m'avait si bien aidé à attendre Pauline.

Ma carrière littéraire, c'était de l'histoire ancienne. Depuis l'échec de ma guerre de 14, les éditeurs se méfiaient de moi. D'autant que, pour oublier Pauline en m'oubliant moi-même, je m'étais lancé dans une biographie en trois tomes de Léopold Ier, le fascinant duc de Lorraine qui avait résisté à l'occupation française au XVIIIe siècle, et dont seul Voltaire avait célébré avant moi l'idéal socialiste. À la limite, on m'aurait publié les yeux fermés un roman à sensation revenant sur le crime que j'avais commis en légitime défense, mais, comme je m'obstinais à creuser l'histoire de mon terroir au lieu d'exploiter le filon de ma vie privée, on gardait mes manuscrits sous le coude. On me conseillait de prendre un peu de recul. D'attendre que l'eau ait coulé sous les ponts. On me disait : tout le monde vous guette au tournant, il ne faut surtout pas rater votre « retour ».

J'ai mis un certain temps à me rendre compte que je n'existais plus. Au début, quand le téléphone sonnait de moins en moins, je me disais ouf, les gens ont fini par comprendre : je ne dîne pas, je sors peu, je travaille trop, j'habite loin et je n'ai pas le temps de répondre. Mais quand, au bout d'un an d'enquête et de découvertes extraordinaires sur la mort faussement naturelle de Léopold Ier, je me suis décidé à donner de mes nouvelles, j'ai constaté qu'elles n'intéressaient plus personne. Il était temps de remettre les pieds sur terre. Mon avenir, c'était le parquet.

En fait, l'édition et la presse s'étaient focalisées sur celui qu'elles avaient sorti de mon ombre. Il n'y en avait plus que pour Maxime. Dans l'intention louable, comme d'habitude, de me laver de toute calomnie, mon redoutable ami avait publié un opuscule intitulé *Cette fois, je balance !*, nanti d'une bande aux caractères démesurés : « ON M'A SALI, ON M'A BLANCHI, ET ON ME TRAITE DE NÈGRE ! » Sous couvert de prouver que j'avais écrit tout seul, à son insu et au péril de ma vie, le roman qui lui rendait justice, il réglait ses comptes avec les adversaires et les amis du président Sonnaz, ceux-là mêmes qui l'avaient envoyé en prison. Ça plut.

La cascade de procès en diffamation qui s'ensuivit, tous gagnés par Maxime, fit passer sa plaquette en tête des meilleures ventes. Et le même accueil fut réservé, dans la foulée, à *Je balance II* et *III*.

Terré, d'après certains, dans un blockhaus secret de la côte flamande pour échapper aux gens désireux de le faire taire, mon ancien protecteur ne donnait plus signe de vie. Son numéro de portable n'était plus attribué, et sa maison d'édition communiquait avec lui par le biais d'un avocat luxembourgeois qui gérait ses avoirs, son œuvre et son image. Lui-même avait carrément disparu de la circulation. Mais il continuait, au fil des saisons, à remplir les caisses de son éditeur et les prisons françaises, la justice faisant ses choux gras des corruptions, blanchiments et délits d'initiés que, preuves à l'appui, il révélait dans ses brûlots. De la gauche à la droite, sans épargner les extrêmes ni le centre, il vidait les bancs du Parlement à coups de levées d'immunité, et les remaniements ministériels s'enchaînaient à un rythme assez peu propice à redresser la France.

Quant à moi, côté revêtements, c'était une catastrophe. La crise avait frappé de plein fouet les parquets de luxe, nos clients ne donnaient plus suite à nos devis, j'avais perdu tout ce que j'avais investi dans la société, et nous étions au bord de la liquidation judiciaire.

Ça se ressentait dans mes rapports avec Samira. Notre colocation à Vincennes se passait de plus en plus mal : elle ne ramenait plus d'hommes au sixième, du coup j'avais cessé d'inviter des filles au septième, et nous ne partagions plus qu'un plateau télé dans notre pièce commune, la cuisine, les soirs où nous regardions le même programme.

Je ne la touchais plus, depuis que je savais Pauline heureuse sans moi en Amérique. Je me sentais complètement dévalorisé, fini, perdu. Samira croyait que c'était lié aux dix kilos qu'elle avait pris à cause de nos soucis, et le dépit lui en avait fait prendre cinq de plus, ce qui ne facilitait pas nos relations. D'autant que, pour alléger nos charges, elle avait sous-loué la moitié de son étage à des amis tunisiens avec trois enfants en bas âge. Lorsque je me plaignais du bruit, elle me répondait que ses ennuis avaient commencé quand elle m'avait pris comme associé et que je portais malheur: je cassais tout ce que j'aimais.

Depuis la Foire de Paris, elle s'était mise en arrêt dépression, et je travaillais double pour tenter d'écouler notre stock et de recouvrer nos impayés. Ainsi, j'avais moins le temps de penser à ce qu'était devenue ma vie.

Jusqu'à ce matin de septembre où, *L'Énergie du ver de terre* sous le bras, je me retrouve sur le seuil d'un bar d'hôtel, hésitant à montrer le Quincy d'aujourd'hui à la femme qui peut-être m'aime encore.

Rivée à l'écran de son ordinateur, elle enchaîne les opérations, les mails, les visioconférences en anglais. Le reste de son corps vit une autre vie. Son pied droit déchaussé joue avec la courroie de son sac, sa jambe gauche fait des mouvements d'étirement sur l'accoudoir du fauteuil d'en face, sa tête lutte contre un torticolis avec de lentes rotations de yoga, son dos cambré ondule au rythme du jazz aseptisé qui sourd des enceintes. Depuis que j'ai repris mon poste d'observation, elle est toujours seule dans le bar. Un employé vient périodiquement faire de la figuration derrière le comptoir. Trois minutes de vie intérieure, et il retourne en coulisses.

Je tente une nouvelle avancée discrète sur la moquette rouge. Elle est en train de remonter ses cheveux, plante ses baguettes chinoises dans le chignon. Le premier geste qu'elle a eu en me découvrant à la librairie Voisin. Son visage est très pâle, mais sans aucune cicatrice.

Elle vient de me voir. Du moins, elle se tourne ouvertement dans ma direction, et sourit en éteignant son écran. Peut-être m'a-t-elle repéré depuis le début, par le jeu des transparences et des reflets entre le miroir du fond et les portes en verre. Peut-être me regarde-t-elle l'épier, tergiverser, m'éclipser, puis revenir, mon vieux roman dans une main, mon portable dans l'autre, où s'allument sans relâche en silence les textos du comptable, affolé que je pose un lapin à notre liquidateur. Je suis incapable de faire face, rassurer, justifier. Incapable de me soustraire à cette autre dimension de la réalité où la femme de ma vie attend que je réponde à son signe.

Elle rechausse son pied droit, se lève, marche à ma rencontre d'un pas de mannequin. Je rempoche mon portable. Elle fait comme si je venais d'arriver. Moi aussi. On s'embrasse sur les joues. Elle a changé, mais le parfum est le même. Sa beauté s'est assagie, patinée. Les quelques rides autour des yeux et de la bouche donnent de la profondeur à son sourire. Son corps sous le tailleur passe-partout semble toujours aussi beau. Un peu aminci, peut-être. Allégée des élans de la jeunesse, elle a une classe folle et des yeux tristes.

Que faire des huit ans de silence qui pèsent entre nous, dans le reflet de nos regards incertains ? Il n'y a pas de glace à briser. Juste une hésitation avant de se jeter à l'eau. Autrement dit, qui de nous deux prononcera la première banalité ? Je me lance.

— Tu attends depuis longtemps ?
— C'est le troisième, dit-elle en montrant le cocktail planté d'une ombrelle en papier jaune. Sans compter les cinq d'hier. Mais je tiens très bien l'alcool. Et c'est toujours un plaisir de t'attendre.

— Merci.

On s'assied. Je lui tends le livre qu'elle a vendu la veille au bouquiniste en face de mon bureau. Quelle probabilité avais-je de le remarquer ? Elle a soumis son désir de me revoir à l'épreuve du sort.

Elle retire le message qu'elle a glissé en marque-page, me le rend, et plonge le roman dans sa sacoche de congressiste. Je devrais lui demander depuis quand elle est à Paris, comment elle a retrouvé ma trace... Les mots du concret retombent dans ma gorge. On se regarde, un long moment. On détaille nos visages, sans gêne. Comme si on reprenait possession des lieux.

— Tu me reconnais ? vérifie-t-elle.

Elle ne me laisse pas le temps de répondre.

— Moi, je veux dire, je suis tombée sur des photos, de temps en temps... J'ai regardé deux, trois émissions en *replay*. Je t'ai vu prendre de l'assurance, un peu de gras, beaucoup de muscle, quelques cheveux gris... Mais tu es raccord, sinon. Et moi, ça va ?

— Ça va. Tu as dû voir mon regard.

— Certes. Tu n'as jamais su mentir, de ce côté-là.

Un blanc. Qui de nous deux va demander si l'autre a des nouvelles de Maxime ? À peine me suis-je formulé la question qu'elle me la pose. Je réponds :

— Aucune. Depuis quatre ou cinq ans. J'ai suivi ses succès de librairie, comme tout le monde. Il a dû m'oublier. Et toi, tu l'as revu ?

— Je le revois.

Son regard reste posé sur l'ombrelle de son cocktail. J'ai senti un malaise dans sa voix. La présence de Maxime se reforme entre nous. Ses foucades, ses bouffonneries, ses pudeurs, ses détresses. Nos dernières retrouvailles. Oxford et l'hôpital de Dijon. Les deux seuls moments que nous ayons partagés tous les trois.

— C'est pour lui que je suis là, murmure-t-elle.

Le contraire m'eût étonné. Depuis plus d'une heure, je retarde le moment de ma désillusion. Je ressens un brusque besoin de changer de sujet. De l'agresser.

— Et ton nouveau mari, alors, ça se passe bien ?

Elle me regarde avec une totale incompréhension. Elle montre ses doigts sans alliance, sans bague, les agite en même temps que ses sourcils. Le sang quitte mon visage.

— Je croyais que tu avais épousé un inventeur en Californie.

Elle tombe des nues.

— C'est Maxime qui t'a dit ça ?

— Oui. La dernière fois qu'on s'est parlé.

Elle marque un temps. Elle sourit, rassurée. Presque attendrie.

— Non, je suis prof d'informatique à Oxford. Je donne des cours à l'université où j'étais étudiante : c'est tout ce qui a changé dans ma vie.

Ses mots serrent ma gorge. Je me revois encaisser la nouvelle au téléphone, en pleine nuit. Renoncer à elle, à moi, à tout.

— Mais pourquoi il m'a raconté ça ?

Elle retire l'ombrelle du cocktail, la ferme et la pose en travers du dessous de verre.

— Quand il a retrouvé ma trace, il y a quelques années, je n'étais pas prête... Je n'ai pas été très agréable avec lui. Je pense qu'il a voulu t'épargner la même déception. En me croyant mariée en Californie, tu ne risquais pas de me chercher à Oxford.

Le barman vient vers nous. Je lui désigne le cocktail de Pauline avec deux doigts. Il acquiesce, se replie. Je cherche mes mots. Je pose la question qui aurait dû venir en premier :

— Et... ton fils ?

— Ça va. Ses grands-parents l'ont gardé. Ils lui avaient dit que son père était mort à cause de moi, tué par mon amant. Il ne voulait plus me revoir. Je n'ai pas eu le courage de... d'engager des procédures, tout ça, de me battre contre eux.

— Tu ne lui as pas dit la vérité ?

— J'ai essayé, en sortant de l'hôpital. T'entendre parler faux..., voir que plus tu te justifies et moins ton enfant te croit...

Elle guette un écho dans mes yeux. J'acquiesce. Elle continue, de plus en plus neutre :

— Ils l'ont très bien élevé, dans les meilleurs pensionnats suisses. Il a treize ans et demi, il est premier en tout. Je suis fière de lui. Pas fière comme une mère, fière de ce qu'il a réussi à surmonter. Enfin, je l'espère. Ça va mieux, aujourd'hui, entre nous. On vient de passer deux semaines ensemble. C'est le portrait de son père. Physiquement. Je vis seule, sinon.

Elle quitte mon regard, prend son verre.

— Une aventure, de temps en temps. Avec un homme marié, à Londres, un avocat. Mike. On se voit quand j'ai une plainte contre un de mes étudiants – je leur enseigne les techniques de *hacking*, pour qu'ils apprennent à les contrer. Comme travaux pratiques, je leur fais pirater beaucoup de systèmes. Ils étaient très doués, cette année, du coup je n'ai presque pas vu Mike. Trop de travail. Passionnant, mais bon. J'aurai au moins réussi à transmettre ce que j'ai appris.

Elle repousse les feuilles de menthe, boit l'eau des glaçons.

— Et toi... il y a quelqu'un dans ta vie ?
— Rien de nouveau, non. Rien qui m'attache.
— Et les parquets ?
— C'est la crise.
— Ça tracassait beaucoup Maxime. Il se demandait comment il pouvait t'aider, discrètement, pour que tu reviennes à l'écriture.

J'avale mon absence de salive. J'essaie l'ironie :
— Ça le tracasse moins, aujourd'hui ?

Elle repose son verre, me dévisage gravement.
— Rejoins-moi dans cinq minutes. 313.

Elle replie ses documents, les glisse dans la sacoche avec l'ordinateur et la tablette, se lève et disparaît en dix secondes. Je reste immobile sur le bord du fauteuil. Ébloui. Incrédule. Presque choqué. Son désir est-il plus fort que les mots, ou les mots sont-ils trop durs à prononcer ? Maxime est mort. Comme le personnage de roman qu'il m'avait inspiré. Je ne vois pas d'autre explication. Pourtant, elle a parlé de lui au présent, tout à l'heure. *Je le revois*. Les flash-backs de la mémoire ?

Je suis dévasté. Et libéré. Et suffocant de bonheur. Ma pauvre littérature aura au moins servi à cela :

prédire l'avenir. Mes retrouvailles avec Pauline grâce à la disparition de notre ami. Grâce au vide qu'il laisse.

Je me lève, marche vers la sortie en croisant le barman qui apporte les deux cocktails.

— Voulez-vous que je les fasse monter dans la chambre, monsieur ?

Je fais non de la tête, laisse un billet sur le plateau. Si jamais j'ai mal interprété la proposition de Pauline, il est inutile d'ajouter le ridicule à la déconvenue.

Je me dirige vers l'ascenseur, sur un nuage. Nuage de beau temps, nuage d'orage ; ça varie à chaque pas. Au troisième étage, je franchis cent mètres de couloir dans le même état. Je toque à la 313. Un bouchon de champagne maintient la porte entrebâillée. Je referme derrière moi et j'avance lentement dans la lumière tamisée par les stores, délivré de mes doutes, de mes appréhensions, de mes scrupules. Je ne me suis pas trompé.

Du moins sur ce point.

Enfin nous deux. Enfin nos corps dans un vrai lit. Enfin l'amour tout simple, évident, la tendresse et le plaisir et la passion trop longtemps refoulés qui explosent entre nos bras, sans témoin, sans barrière, sans un mot. Elle rayonne. Elle se livre. Elle se rend tout autant qu'elle se donne. Je voudrais que le temps s'arrête et que tout ce qui n'est pas nous s'efface.

Mais déjà elle est debout, elle saute dans sa culotte, me dit que j'ai le droit de prendre une douche mais qu'elle garde mon odeur.

— On va où ?

— Pas très loin. Je n'ai jamais aimé que vous, Quincy.

Et de nouveau l'ambiguïté, l'incertitude entre le « vous » de majesté et le pluriel. Elle m'engouffre dans un taxi devant l'hôtel, donne une adresse à Bougival.

— Ça ne t'engage à rien. Mais je ne peux pas te laisser dans l'ignorance.

Je ne relève pas l'hermétisme elliptique de sa phrase. J'ai déjà tout compris entre les mots, entre nos bras ; j'ai mis un nom sur son élan, ses retenues, ses esquives.

Maxime. Il n'est pas mort, mais il a un problème. Ce sera toujours le sens, l'enjeu, le dilemme de notre histoire. Chaque fois que je pense en avoir terminé avec lui, il revient se glisser entre nous.

— C'est lui qui a voulu me voir ?

Elle ne répond pas. Le taxi s'engage dans la rue de Rivoli, traverse la Concorde. Je lis mes textos, mes mails. Mon visage se creuse à chaque message. Elle me demande si c'est grave. Je lui raconte.

— Je peux ?

Elle prend mon smartphone, le configure avec le sien, ouvre des applications, entre des codes. Au bout de cinq minutes de manipulations, elle me donne son verdict : les boîtes mail et les comptes de Parquets de Versailles ont été piratés par JMB pour détourner notre clientèle, truquer notre comptabilité et supprimer notre concurrence.

— C'est classique, me rassure-t-elle. Le liquidateur judiciaire roule pour eux, et votre comptable est complice. Moyennant quoi, JMB vous rachètera pour un euro symbolique après le dépôt de bilan. Tu veux que je contre-attaque ?

Je pose la tête sur son épaule. J'ai juste envie de tout plaquer, de vivre avec elle, de réactiver des rêves.

— Le plus simple, c'est de me brancher sur Startrac. C'est un serveur interne sécurisé du ministère des Finances qui référence les infos, délations et soupçons sur les particuliers et les entreprises. Il suffit de décompiler le programme pour craquer les codes, un jeu d'enfant. J'accède à leur base de données, voilà, et je stresse le système. Dérivation. Regarde. Je n'ai plus qu'à transmettre en leur nom une notification d'enquête à tes amis de JMB. En se croyant repérés par Bercy, ils n'auront pas trente-six solutions pour éviter les poursuites. Ça s'appelle le «*hacking* éthique».

— C'est Maxime qui t'a initiée à ces trucs ?

Elle s'est fermée, à nouveau. Je ne l'ai pas relancée. Le taxi a pris l'autoroute de l'Ouest à la porte de Saint-Cloud. Elle a terminé son piratage, rangé son smartphone et s'est murée dans le silence, bras croisés contre sa portière.

*

Nous tanguons au pas sur les ralentisseurs d'une zone résidentielle, au sommet d'une colline défigurée par des clôtures trop hautes et des villas de nouveaux riches.

La voiture s'arrête devant la plus sobre des propriétés. Murs de cinq mètres hérissés de frises en barbelés, portail au blindage gris. On ne voit rien d'autre, sinon des caméras.

— Vous restez en attente, merci, dit Pauline au chauffeur en ouvrant sa portière. Tu viens ?

Je la rejoins devant le portail. Elle presse le bouton de l'interphone sur le pilier sans inscription. Un projecteur s'allume au-dessus de nos têtes. Elle donne son nom. En réponse, un bourdonnement s'achève en déclic. Elle pousse le battant d'acier.

Je la suis dans un parc à l'abandon, gravier semé de chiendent, rosiers morts, pelouses jaunes. La maison est en forme de pyramide aztèque à toit-terrasse, avec baies vitrées opaques protégées par des grilles. Elle est entourée d'une piscine d'eau croupie surmontée d'une passerelle.

— Comment est-il, aujourd'hui ? demande Pauline à la grosse dame en tenue d'infirmière qui vient à notre rencontre.

— Stationnaire.

Elle me salue de la tête et nous conduit à l'arrière de la maison. Je me fige au milieu du gravier. Sans pare-chocs ni calandre, capot enfoncé, la Daimler Double Six est posée sur cales près d'un étendoir à linge. Maxime est assis à l'arrière, en robe de chambre, regardant le paysage comme s'il défilait sur la vitre.

L'infirmière toque à la portière, l'ouvre avec une euphorie gaillarde.

— Vous avez de la visite, monsieur Max. Regardez la bonne surprise !

Les bras ballants au milieu des feuilles de papier qui jonchent les sièges, les tablettes, la moquette, Maxime tourne la tête en remuant les lèvres. Il observe le stylo dépassant de la poche de la blouse blanche. Puis son regard dévie sur les jambes de Pauline, descend vers mes chaussures, remonte lentement jusqu'à mon visage. Il a les joues rondes, le teint frais, trois épis sur le caillou et les yeux totalement inexpressifs. Il sourit.

— Je vous laisse, dit l'infirmière.

— Mais qui je vois ? se réjouit-il d'une voix mécanique. Monte, allez, je t'emmène !

Il me désigne la banquette de l'autre côté de l'accoudoir. Je contourne la voiture, le cœur dans les talons. Pauline me prend la main.

— AVC, me glisse-t-elle. Sur un terrain pré-Alzheimer depuis deux ans, d'après son médecin. Mais il a des retours de mémoire. Du moins quand il est dans la voiture. Dès qu'on l'en sort, il panique, il cogne, il pleure. Les psys appellent ça un « transfert adhésif ». La Daimler est associée pour lui à l'image du père spirituel : la protection, la confiance... Je n'ai pas l'impression qu'il t'ait reconnu, mais ça va venir. Dis-lui quelque chose de personnel. Mets-le sur la voie.

Incapable de poser des questions, de commenter, de me rendre compte, j'écoute Pauline raconter comment les services sociaux l'ont contactée à Oxford, le 9 juin. Maxime avait percuté un platane sur la nationale 57, à la hauteur d'Annemasse. Collision sans gravité ; le frein moteur avait ralenti la voiture quand il avait perdu connaissance. On n'avait rien trouvé dans ses poches. Pas de famille à prévenir. Juste la copie d'un acte notarié envoyé à sa juge.

— Sa juge ?

Elle prend une longue inspiration.

— Sa juge de tutelle. Au moment où son médecin le certifiait encore « sain de corps et d'esprit », il m'a désignée comme tutrice en cas d'incapacité mentale. C'est comme ça qu'on est remonté jusqu'à moi.

Elle déglutit, appuie son front contre le mien.

— Tu sais d'où il venait, quand il a eu son accident ? De Lausanne. Il était allé expliquer à mon fils que j'étais... que j'étais battue par son père, que je ne l'avais jamais trompé, et que... la vérité, quoi, achève-t-elle dans un sanglot. Pour qu'il accepte de me revoir.

Je la serre contre moi. Je ne sais pas quoi dire. Je balbutie :

— Mais... il ne vivait pas en Belgique ?

— Non. Il le faisait croire. Il se cachait ici, sous un faux nom. J'ai tout découvert quand le notaire m'a remis les documents. Ça, et... tellement d'autres choses.

J'enfouis le nez dans ses cheveux. Au baptême de Séb, elle nous avait institués parrains fantômes. Qu'ai-je fait, moi, de cette responsabilité ? Mon filleul officieux, je l'ai passé par pertes et profits. Radié de ma mémoire, pour arrêter le souvenir de Pauline à notre nuit d'Oxford. Maxime, lui, face à la menace d'Alzheimer, est allé faire son devoir.

Je demande :

— Pourquoi tu ne m'as pas contacté avant ?

— Je ne savais pas ce que tu étais devenu, Quincy. Ton éditeur non plus. Seul Maxime était au courant. Quand je suis revenue à Paris pour le symposium Google, mardi, j'ai repris le dépouillement de ses dossiers et j'ai trouvé par hasard celui qui te concerne. Tout est codé, chez lui...

— Pauline... tu pirates les ordinateurs du ministère des Finances, et tu n'es pas fichue de trouver un numéro sur liste rouge ?

— Je n'étais pas prête, murmure-t-elle en repartant vers la portière.

Je la retiens.

— Et tu es prête à quoi, là ?

Elle fait volte-face, me lance droit dans les yeux :

— Séb a été formidable, il a exigé que ses grands-parents le laissent venir ici. Il a passé deux semaines avec nous, début août. Il se sent responsable de Maxime, il pense que c'est leur rencontre qui a provoqué l'AVC. Le choc affectif. Il m'a donné la plus belle leçon de ma vie. Il a compris, Quincy. L'homme qui a tué son père en légitime défense, et qui est venu l'en informer dans le parc de son pensionnat..., il l'a accepté. Et toi, il n'est pas loin de te considérer comme un héros.

Je l'attire contre moi, j'apaise sa voix entre mes bras.

— Tu te rends compte, le chemin qu'il a dû faire ?

Il me bluffe totalement. Il ne montre rien. Il dit qu'il a passé de chouettes vacances, en plus, et je crois que c'est vrai. Il était tout le temps chez les Russes d'à côté, qui ont une fille de son âge. Sauf le matin, où il passait une heure avec Maxime dans la Daimler. Mais là, je n'étais pas dans la confidence.

— Qu'est-ce que tu attends de moi, Pauline ?

Elle prend une longue inspiration, se détache.

— Il a sa vie, ses études, ses amis en Suisse... Je ne peux pas lui demander plus. C'est déjà merveilleux qu'il veuille revenir pour Noël...

Je répète ma question. Elle regarde par la lunette arrière le passager qui n'a pas bougé, comme s'il avait déjà oublié notre présence.

— J'ai besoin de toi, Quincy. La juge me harcèle, je ne peux plus temporiser, je dois décider si j'accepte ou non la tutelle. Je ne peux pas abandonner Maxime. Il n'a plus de famille, rien. Mais le gérer toute seule, c'est... C'est trop lourd pour moi. Je n'ai pas le temps, ni les moyens. J'ai Oxford, mes étudiants, mes travaux qui me passionnent... Toi, tu...

Dans le silence qui suit, je vois clairement se profiler la suite. L'évidence de mon rôle. Je prends tout mon temps pour répondre avec douceur :

— Moi, je suis libre. Tu veux... tu veux qu'on partage la tutelle ?

— Je voudrais que tu le prennes en charge.

Lèvres closes, j'encaisse. Je soutiens son regard. La demande en mariage qu'impliquait ma proposition se délite dans un flot de sentiments contraires. Délibérément, j'abandonne comme elle le terrain affectif.

— Attends... Si tu n'as pas les moyens, moi je suis complètement ruiné. Et tu ne vas pas siphonner le ministère des Finances avec ton smartphone pour me renflouer.

— Lui, il les a. Les moyens. Mais pas sans toi.

Elle jette un œil à l'infirmière qui revient vers nous. Je la ramène dans mon regard.

— Comment ça, pas sans moi ?

— Tu es son légataire universel. Et il t'a désigné pour exercer le droit moral sur son œuvre. Sans nous, dans l'état où il est, tous les avoirs sont bloqués et aucune décision ne peut être prise. L'avocat et le notaire sont formels.

Je tombe assis sur la malle arrière.

— C'est l'heure de manger, chantonne l'infirmière en ouvrant la portière de Maxime. On vous a fait une bonne cuisse de poulet avec du riz.

Elle lui prend le bras pour l'extirper de la Daimler. Dès que sa pantoufle a touché le gravier, il pousse un hurlement de fureur, se rassied et claque la portière. L'infirmière la rouvre à la volée.

— Ça suffit, les caprices ! À table, on a dit !
— Laissez-le, intervient Pauline.

Elle se glisse au volant, tourne la clé. Les cris de Maxime se taisent dès qu'il entend le moteur. Sous le capot enfoncé, le V12 ronfle en douceur. Les fumées d'échappement des deux pots sont homogènes, sans reflets bleus dénotant un problème de culasse. Je me raccroche aux détails que je peux. À mes points de compétence. Qu'est-ce que ça veut dire, dans le cas de Maxime, « exercer le droit moral » ? Toucher des pourcentages de proxénète, des commissions occultes, être mis en examen à sa place pour violation de secrets d'État ?

— Mais il faut lui redonner des repères, madame ! proteste l'infirmière. À midi, on se met à table et on mange ! Il ne fera jamais de progrès, si on lui passe tous ses caprices !

Je l'interromps, lui demande où est la cuisine. Elle m'y conduit en maugréant. Je remplis deux assiettes et les rapporte sur un plateau-repas dans la Daimler. C'est tout ce dont je suis capable, là, en cet instant. La vision que j'ai de mon avenir s'arrête à un déjeuner dans cette épave à la sellerie intacte, cet habitacle où mon destin a déjà basculé trois fois. Les magouilles dévouées d'un roitelet de Conseil général, le coma de Pauline à 180 sur l'autoroute, et mon plaidoyer pour épargner la vie de l'homme qui allait tenter de me tuer.

Pauline referme la portière sur moi et va fumer une cigarette électronique derrière l'étendoir.

— Le Président est terrible, me confie Maxime en attaquant sa cuisse de poulet. Il ne veut pas me laisser conduire. Il dit que j'ai un livre à terminer.

Pressé, il enfourne deux cuillères de riz, me rend le plateau.

— Dis-lui que j'aimerais prendre le volant, quand même.

Je soumets la requête au siège conducteur. Et je transmets la réponse à Maxime :

— Quand tu auras fini ton livre, c'est d'accord.

Il pousse un soupir déçu, me dit qu'il en a bien pour quatre cents kilomètres. Je rassemble les feuilles éparses, lui pose sur les genoux ses pages couvertes de dessins d'enfant. Je lui souhaite bonne inspiration, et je ressors. Pauline me prend des mains le plateau. Je lui dis que je ne peux rien décider, là, comme ça. J'ai besoin de réfléchir. J'ai besoin de recul.

— Je comprends, répond-elle en cachant de son mieux sa déception.

— Tu restes à Paris combien de temps ?

— Huit jours, maximum. Je reprends mes cours le 19.

— Tu me laisses ton numéro ?

— Il est dans tes contacts : j'ai fait l'échange des fiches.

Elle me dérobe sa bouche, me tend sa joue. Puis elle donne une tape sur mon épaule.

— Pas de problème, Quincy, j'avais prévu ta réaction. Le taxi te ramène où tu veux, c'est Google qui paie. J'ai un dîner-débat au Westin, ce soir. Tu me dis. Tu vois.

Je la suis des yeux tandis qu'elle regagne la Daimler. Puis je repars vers le portail qui bourdonne. Je ne sais plus où je vais. Je ne sais plus ce que je veux. Je ne sais plus qui je suis.

À la sortie du tunnel de Saint-Cloud, mon téléphone se met à vibrer. Samira. Sa voix est redevenue claire, tonique, enthousiaste. Elle m'annonce un rebondissement extraordinaire : le groupe JMB va nous sauver de la faillite en entrant dans le capital de Parquets de Versailles. Notre comptable n'en revient pas et notre liquidateur judiciaire est ravi. J'imagine que le « *hacking* éthique » de Pauline ne leur laissait pas d'autre choix.

— Le patron de JMB tient absolument à me laisser la direction générale. Avec toi, bien sûr, si tu veux, ajoute-t-elle du bout des lèvres.

Je décline. Je lui dis que je suis content pour elle, mais que j'ai d'autres projets.

Au premier marchand de journaux, je descends pour acheter *Autorétro.* Je remonte dans le taxi, passe en revue les annonces publicitaires, sélectionne trois spécialistes Jaguar-Daimler, et me fais déposer devant le garage qui m'a paru au téléphone le plus réactif et le moins cher.

Roule-Britannia, au cœur de Neuilly. Un petit hangar sous verrière où s'entassent flanc à flanc des dizaines de merveilles plus ou moins décaties, démontées, incomplètes, de l'humble Austin Seven à l'inaccessible Armstrong-Siddeley Star Sapphire. Toutes les anglaises mythiques que mon père collectionnait sur son étagère Dinky Toys à Thionville. Mon seul héritage, avec la 4 CV désossée sur laquelle il essayait de greffer un moteur de Dauphine Gordini, rêve obsessionnel qui avait englouti son plan d'épargne mais l'avait si bien aidé à surmonter sa chimio.

Le chef d'atelier, un grand marabout en short et marcel, est en train d'invectiver le ralenti d'un roadster Morgan 1955 qui ne tient pas les tours. Avant même de lui décrire l'état de la Daimler Double Six, je lui explique la personnalité de Maxime, son attachement viscéral au fantôme d'un ancien gaulliste de Radio Londres.

Une lueur gourmande dans les yeux, le jeune Black m'entraîne au fond de l'atelier, dans l'entrepôt des pièces détachées. Au milieu d'un entassement précaire sur trois niveaux, il me désigne un capot et un pare-chocs de Jaguar XJ série 1 compatibles, une calandre de Sovereign 4,2 litres qui s'adapte. Et quatre Michelin Primacy d'origine.

— Le problème, lui dis-je, c'est qu'il s'agit d'une restauration à domicile. Ou, en tout cas, d'un chantier occupé.
— C'est-à-dire ?
— Avec le propriétaire à l'intérieur.
— Pas de souci. Sauf si faut changer les cuirs.
— Ça ira. L'essentiel, c'est qu'elle roule.

Il hoche la tête, me fait un devis. J'accepte, à condition d'étaler le paiement. On charge les pneus, la calandre et le capot dans un corbillard Rover 1970 qui lui sert de dépanneuse. Il n'y a qu'un siège à l'avant.

— Vous savez conduire une ancienne ?

J'enjolive un peu la vérité en réalisant le rêve de mon père : oui, j'ai piloté une Renault 4 CV Gordini sur l'anneau de Montlhéry, pour le Grand Prix de l'âge d'or.

— Alors, vous saurez la décrasser. Faut qu'elle roule, elle aussi.

Et il me tend les clés de la Morgan. Je refuse, pétrifié. Ce genre de roadster introuvable vaut bien quarante mille euros.

— Pas çui-là, me sourit-il. Je me suis fait arnaquer sur eBay. C'est une réplique bidouillée avec un moteur de Ford Anglia. Mais ça peut le faire.

En effet, ça le fait. Cheveux au vent dans ma guimbarde au ras du sol, précédant le corbillard en direction de Bougival, je commence à me sentir le plus heureux des hommes.

*

L'infirmière nous ouvre le portail, sur la défensive.

— Votre amie est retournée à Paris, me dit-elle froidement. Et il n'y a plus d'essence dans la voiture : il m'a refait une crise.

Avec diplomatie, je présente le garagiste qui vient lui prêter main-forte. Elle retourne dans la villa, claque la porte. J'explique la situation à Maxime. Et je lui tiens compagnie sur la banquette tandis qu'Abdou change le capot et monte les nouveaux pneus.

— Il part pour un long voyage, le Président ?

Je confirme.

— Alors je suis content. Elle vient avec nous, Pauline ?

— Oui.

— Alors c'est bien.

Sa douceur et sa confiance me bouleversent. Tout paraît si simple, à ses côtés, dans la voiture qui s'incline sous le cric.

— Allez, j'ai une Spitfire à finir, on rentre au garage ! me dit Abdou quand il a fini d'ajuster la calandre.

J'hésite. Le restant de la journée me paraît soudain une abstraction insoluble. Retourner à Vincennes est au-dessus de mes forces. Aller jouer les figurants dans un congrès Google, je n'en vois pas l'intérêt. J'ai déçu Pauline ; je ne vais pas la reconquérir en terrain hostile. Il me reste l'effet de surprise.

Une heure plus tard, je roule vers Calais à bord de la fausse Morgan que je viens d'acheter pour le prix d'un scooter. Par Internet, j'ai réservé un aller simple pour Douvres et mon hébergement sur place. J'ai tout le temps de la traversée pour préparer ce qui deviendra, éventuellement, ma nouvelle vie.

Je viens de découvrir, en tout cas, une vérité à côté de laquelle je suis passé depuis toujours. Et pourtant, mon père m'avait donné l'exemple en triomphant d'un cancer mortel grâce à son rêve acharné de construire l'impossible 4 CV Gordini. Face à un cas de conscience, face à l'angoisse du lendemain, rien n'est plus efficace qu'un coup de folie.

Tant pis si, comme lui, au lieu de m'éteindre à petit feu, je m'électrocute avec une guirlande de Noël.

Et me revoilà quatorze ans en arrière, au numéro 9, Wellington Square. À gauche du canapé-lit, assis devant la table ronde contre la fenêtre à guillotine, je regarde l'allée pavée menant au cytise jaune envahi de glycines dans le soleil couchant. Rien n'a changé, sauf moi.

Entouré de notes et de photos, je m'efforce d'opérer une sélection. Je ne réécris plus le passé ; je prépare un avenir. Depuis trois jours, je sillonne la campagne anglaise dans mon vieux bolide illusoire au moteur de lessiveuse, qui tourne plutôt mieux depuis qu'il roule à gauche dans son pays d'origine. À mes côtés, une guide nonagénaire m'aide à trouver le cottage idéal.

Je suis tombé sur elle par hasard en poussant la porte de Blackwell's, dans Broad Street. De l'extérieur, la célèbre librairie d'Oxford n'a l'air de rien, avec ses deux vitrines vieillottes, mais c'est l'une des plus grandes du monde, dissimulant son volume tentaculaire dans plusieurs corps de bâtiments hors d'âge avec différences de niveaux, patios et galerie souterraine comptant cinq kilomètres de rayonnages. Mme Voisin ne m'a pas reconnu. Elle m'a parlé en anglais, m'a demandé quel type d'ouvrages je recherchais.

— Pas les miens, je ne suis traduit qu'en allemand.

Elle a failli s'évanouir de surprise. Moi non. Pour aller de l'avant, Pauline a toujours eu besoin de reconstituer son univers de départ. En obtenant sa chaire de *Computer and Network Security*, en 2009, elle avait aussitôt envoyé un billet d'Eurostar à sa vieille amie dans sa maison de retraite du Vercors. Au cours de la réception donnée sur le campus, elle l'avait présentée à la famille Blackwell, toujours à la recherche de bonnes volontés compétentes, et ma découvreuse d'autrefois a repris du service comme hôtesse d'accueil *vintage* dans la librairie classée numéro 1 mondial sur le Net.

Il nous reste deux jours pour dénicher la grande propriété de nos rêves, avant que Pauline ne revienne de Paris. Budget illimité : les droits d'auteur de mon confrère sous tutelle l'ont rendu très riche. Et ce n'est pas fini. Il eût été dommage de laisser tarir le filon, avec les tonnes de documents explosifs qui vont arriver dimanche dans sa malle arrière. Le peu que j'ai lu en ouvrant quelques-uns de ses cartons, pendant les travaux de carrosserie à Bougival, me suffira largement pour écrire *Je balance IV* et *V*.

J'adore l'idée de perpétuer la mémoire de Maxime en devenant son nègre. Et qu'importent les promesses non tenues de Quincy Farriol, espoir sans lendemain des éditions Portance. Je n'allais pas rester toute ma vie un ver de terre cultivant l'énergie du désespoir.

Ni un moucheron qui a besoin d'être pris au piège d'une toile d'araignée pour connaître l'extase.

Ma seule angoisse, c'est la réaction de Pauline. Dès l'instant où j'aurai sélectionné un nombre de propriétés suffisant, je mettrai fin à mon silence pour qu'elle choisisse sur photo, en pièces jointes, la maison qui remplacera le petit appartement qu'elle loue au-dessus de la gare routière. Je suis mort de trac. C'est la première fois de ma vie que je fais une surprise à quelqu'un.

— Vous auriez peut-être mené une carrière plus glorieuse, si je ne vous avais pas invité à Saint-Pierre-des-Alpes, me dit Jeanne Voisin avec une jubilation à peine dissimulée.

Ballottée dans les ornières sous les remous d'air de la Morgan qui ont emporté sa perruque, elle ajoute pour me consoler :

— Moi, en tout cas, je ne regrette rien. J'ai eu raison de croire en Pauline : regardez les conditions merveilleuses dans lesquelles je travaille à présent ! Mais je n'aurais pas son courage. Vous êtes sûr qu'elle a vraiment envie de cette vie ?

Je m'abstiens de répondre à la place de Pauline. Tout ce que je sais, aujourd'hui, c'est ce que je veux. Et c'est à elle que je le dois.

*

Dès que je l'ai vue débarquer du ferry au volant de la Daimler, j'ai ressenti le même coup de foudre qu'à chacune de nos retrouvailles. Elle s'est jetée dans mes bras comme si on ne s'était pas vus depuis des années, comme si on ne se parlait pas au téléphone tous les quarts d'heure depuis qu'elle a choisi notre maison. Un château sans toiture qu'on mettra des siècles à restaurer.

Et quand Maxime a jailli de la Daimler pour serrer la main des touristes, radieux comme un parlementaire en campagne électorale, j'ai su que j'avais fait le bon choix. Grâce à la roublardise généreuse d'une vieille magicienne qui nous avait réunis vingt ans plus tôt, pour le meilleur et pour le pire, les drames de quatre vies pouvaient désormais s'achever en conte de fées.

Je demande à Pauline si elle veut m'épouser. Elle se tourne vers Maxime, dont le regard passe en un instant de la jubilation à l'anxiété.

— C'est à moi qu'elle a dit oui ! me rappelle-t-il en triturant le bouton de ma veste.

— Ça ne change rien, lui répond sa tutrice. On ne te quittera jamais.

Avec un bon sourire, il s'empresse de nous rassurer :

— Moi non plus.

Du même auteur :

Romans

LES SECONDS DÉPARTS :

VINGT ANS ET DES POUSSIÈRES, 1982, prix Del Duca,
Le Seuil et Points-Roman

LES VACANCES DU FANTÔME, 1986, prix Gutenberg
du Livre 1987, Le Seuil et Points-Roman

L'ORANGE AMÈRE, 1988, Le Seuil et Points-Roman

UN ALLER SIMPLE, 1994, prix Goncourt,
Albin Michel et Le Livre de Poche

HORS DE MOI, 2003, Albin Michel et Le Livre de Poche
(adapté au cinéma sous le titre *Sans identité*)

L'ÉVANGILE DE JIMMY, 2004, Albin Michel
et Le Livre de Poche

LES TÉMOINS DE LA MARIÉE, 2010, Albin Michel
et Le Livre de Poche

DOUBLE IDENTITÉ, 2012, Albin Michel et Le Livre de Poche

LA FEMME DE NOS VIES, 2013, prix des Romancières,
prix Messardière du Roman de l'été, Albin Michel
et Le Livre de Poche

JULES, 2015, Albin Michel

LA RAISON D'AMOUR :

POISSON D'AMOUR, 1984, prix Roger-Nimier, Le Seuil et Points-Roman

UN OBJET EN SOUFFRANCE, 1991, Albin Michel et Le Livre de Poche

CHEYENNE, 1993, Albin Michel et Le Livre de Poche

CORPS ÉTRANGER, 1998, Albin Michel et Le Livre de Poche

LA DEMI-PENSIONNAIRE, 1999, prix Version Femina, Albin Michel et Le Livre de Poche

L'ÉDUCATION D'UNE FÉE, 2000, Albin Michel et Le Livre de Poche

RENCONTRE SOUS X, 2002, Albin Michel et Le Livre de Poche

LE PÈRE ADOPTÉ, 2007, prix Marcel-Pagnol, prix Nice-Baie des Anges, Albin Michel et Le Livre de Poche

LES REGARDS INVISIBLES :

LA VIE INTERDITE, 1997, Prix des lecteurs du Livre de Poche, Albin Michel et Le Livre de Poche

L'APPARITION, 2001, Prix Science-Frontières de la vulgarisation scientifique, Albin Michel et Le Livre de Poche

ATTIRANCES, 2005, Albin Michel et Le Livre de Poche

La Nuit dernière au XVe siècle, 2008, Albin Michel
et Le Livre de Poche

La Maison des lumières, 2009, Albin Michel
et Le Livre de Poche

Le Journal intime d'un arbre, 2011, Michel Lafon
et Le Livre de Poche

THOMAS DRIMM :

La fin du monde tombe un jeudi, t. 1, 2009, Albin
Michel et Le Livre de Poche

La guerre des arbres commence le 13, t. 2, 2010, Albin
Michel et Le Livre de Poche

Le temps s'arrête à midi cinq, t. 3, à paraître

Récit

Madame et ses flics, 1985, Albin Michel
(en collaboration avec Richard Caron)

Essais

Cloner le Christ ?, 2005, Albin Michel
et Le Livre de Poche

Dictionnaire de l'impossible, 2013, Plon et J'ai lu

Le Nouveau Dictionnaire de l'impossible, 2015, Plon

Beaux livres

L'ENFANT QUI VENAIT D'UN LIVRE, 2011, tableaux de Soÿ, dessins de Patrice Serres, Prisma

J. M. WESTON, 2011, illustrations de Julien Roux, Le Cherche-Midi

LES ABEILLES ET LA VIE, 2013, prix Veolia du Livre Environnement, photos de Jean-Claude Teyssier, Michel Lafon

Théâtre

L'ASTRONOME, 1983, prix du Théâtre de l'Académie française, Actes Sud-Papiers

LE NÈGRE, 1986, Actes Sud-Papiers

NOCES DE SABLE, 1995, Albin Michel

LE PASSE-MURAILLE, 1996, comédie musicale (d'après la nouvelle de Marcel Aymé), Molière 1997 du meilleur spectacle musical, à paraître aux éditions Albin Michel

LE RATTACHEMENT, 2010, Albin Michel

RAPPORT INTIME, 2013, Albin Michel

Composition réalisée par INOVCOM

Imprimé en France par CPI
en mars 2016
N° d'impression : 3016300
Dépôt légal 1re publication : mars 2016
LIBRAIRIE GÉNÉRALE FRANÇAISE
31, rue de Fleurus - 75278 Paris Cedex 06

18/8890/4